武州公秘話

谷崎潤一郎

中央公論新社

目次

挿画　木村荘八

武州公秘話

武州公秘話序

伝曰。上杉謙信。居常愛二少童一。又曰。福島正則。夙有二断袖之癖一。老而倍々太甚。終至二失レ家亡一レ身矣。雖レ然是豈一謙信一正則而已乎。世所レ謂英雄俊傑者之於二性生活一也。逸事異聞之可レ伝可レ録者頻多。曰二男色一曰二嗜虐性一。則是武人習性之所二敢使一レ然。非三復足二深咎一也焉。本篇所レ伝武州公者。夙生二于戦国一。智謀兼備。武威旁暢。真為二一代之梟雄一矣。而坊間伝云。公亦被虐性的変態性慾者也矣。吁是果真乎。雖二余未レ能レ知二其果信乎否乎一其事已奇。其人豈可レ不レ憐哉。而正史不レ伝レ之。世人不レ知レ之。余頃者読二桐生氏所レ蔵之秘録一。竊知二公之為一レ人。審レ有二公胸裏之窈糾念々甚切者一。咨嘆久レ之。王守仁曰。破二山中賊一易。破二心中賊一難。雖レ然公之武威。闞如二虓虎一。偃武弭兵之功。誰有二亦能及一レ之者一哉。余則有レ所レ感。藉二体於稗史小説一。聊以叙二公性生活之委曲一。則以二武州公秘話一名レ篇。読レ之者。無三徒為二荒唐無稽之記事一幸也矣。

昭和十歳次乙亥初秋

摂陽漁夫識

武州公秘話総目録

巻之一

巻之二

巻之三

法師丸元服の事、並びに桔梗《ききよう》の方《かた》の事

筑摩《つくま》則重《のりしげ》兎唇《みつくち》になる事、並びに上臈《じようろう》の厠《かわや》の事

巻之四

桔梗《ききよう》の方《かた》河内介《かわちのすけ》に対面の事、並びに両人陰謀の事

則重《のりしげ》鼻を失う事、並びに源氏花散里《はなちるさと》の和歌の事

巻之五

河内介《かわちのすけ》父の城に帰る事、並びに池鯉鮒《ちりう》家《け》の息女と祝言の事

道阿弥感涙を催す事、並びに松雪院悲歎の事

巻之六

牡鹿城《おじかじょう》没落の事、並びに則重《のりしげ》生捕《いけどり》の事

武州公秘話巻之一

妙覚尼《みようかくに》「見し夜の夢」を書き遺《のこ》す事、並びに道阿弥《どうあみ》の手記の事

「見し夜の夢」の作者である妙覚尼と云う尼がどう云う素性《すじよう》の人間で、どう云う時に斯《か》くの如きものを書いたのか委《くわ》しいことは知るよしもないが、前後の文意から察すると、此の婦人は武州公《ぶしゆうこう》の奥向《おくむ》きに勤めていた侍女であったことは明かである。そして武州家滅亡のゝちに剃髪《ていはつ》して尼となり、何処かの「片山里《かたやまざと》に草の庵《いおり》を結んで、あさゆう念佛《ねんぶつ》を申すよりほかのいとなみもなかった」と、自ら記している。つまり此の手記は、老後のつれ〴〵に在《あ》りし世の事どもをおもい出《い》だして書き綴《つゞ》ったと云う風に見えるが、しかし「念佛を申すよりほかのいとなみもない」尼の身が、なんの目的でこれを書く気になったのだろう。尼自身の云う所に依れば、「つら〳〵武州公の行状を考えると、世の中

には善人も悪人もなく、豪傑も凡人もない。賢き人も時には浅ましく、猛《たけ》き人も時には弱く、きのう戦場に於いて百千の敵を取り挫《ひし》いだかと思えば、きょうは家に在って生きながら獄卒の笞《しもと》を受ける。花顔《かゞん》柳腰《りゅうよう》の婦女子も或は羅刹《らせつ》夜叉《しゃ》となり、抜山蓋世《ばつざんがいせい》の勇士も忽ち餓鬼畜生に変ずる。畢竟《ひっきょう》するに武州公は、因果の理《ことわり》輪廻《りんね》の姿を一身に具現して衆生の惑いを覚まさんがために、暫く此の世に仮形《けぎょう》し給うた佛菩薩《ぶつぼさつ》ではないであろうか。……」と、そんな風な感想を述べて、結局「武州公は貴きおん身に地獄の苦患《くげん》を忍び給い、その功徳《くどく》に依ってわれら凡夫に菩提《ぼだい》の心を授けて下すった有難いお方である。されば自分が公の行状を書き記すのも、一つには追善供養のため、一つには報恩謝徳のためで、別に他意ある次第ではない。もし公のふるまいを見て嘲《あざけ》り笑うものがあれば、それこそ罰あたりの輩《やから》であって、心ある者はたゞ〳〵有難いと思うべきである」と云っている。が、ちょっとコジツケの理窟《りくつ》の

ようで、果して此の筆者が本心からそう信じていたか、疑わしい点がないでもない。邪推をすれば、此の尼にも孤独生活から来る生理的不満があって、そのやるせなさを慰めるためにこんなものを書いたのかとも思われる。

「道《どう》阿《あ》弥《み》話《はなし》」の筆者の方は、全くその動機を記してないが、これは明かに「恐ろしい殿の行状」と、その人に仕えた己《おの》れの稀有《けう》な経験とを長く忘れることが出来ず、思えば思うほど不思議な気がして、止むに止まれないで書いたものに違いない。妙覚尼が武州公を佛菩薩の化身《けしん》だと云い、へんに有難がった解釈をしているのに反し、道阿弥は可《か》なりハッキリと主人公の心理を摑《つか》んでいたらしく、従って又相当に公の信任を得ていたらしく想像される。なぜなら公はとき〴〵此の道阿弥に内部生活の苦悶《くもん》を打ち明け、自分の少年時代からの性

慾史を語ったりして、同情と理解とを求めているからである。思うに道阿弥は多少とも幇間的《ほうかんてき》性質の男であって、生来《せいらい》幾分か公と同様の傾向があったか、或は公の歓心を買わんがために殊更にそう装ったか、装っているうちに次第に公の感化を受けて本当にそうなってしまったかであろう。何にしても此の男は公の「秘密の楽園」に於ける好伴侶《こうはんりよ》であり、公に取って必要缺《か》くべからざるものだったことは確かである。もし此の男がいなかったら公の性的遊戯も歪《ゆが》んだ発展をしなかったであろう。それ故公も時に道阿弥の存在を呪《のろ》い、しば〳〵彼を面罵《めんば》し、打擲《ちようちやく》し、寧ろ斬り捨てるに如《し》かずと決心して、白刃を擬したことも一再ではないらしい。公の「遊戯」に関係した男女で無事に生命を完《まっと》うしたものは稀《まれ》であるのに、道阿弥が死を免《まぬか》れたのは甚だ幸運と云わざるを得ない。彼こそは最も殺される可能性があり、事実その危険に瀕《ひん》した度数は誰よりも多かったであろう。にも拘《かゝ》わらず虎口《ここう》を脱したのは、憎まれる半面にそれだけ惜しまれてもいたのであろうが、一つには彼の気転と才智とに依るのである。

武蔵守輝勝《むさしのかみてるかつ》の甲冑《かっちゅう》の事、並びに松雪院絵姿《しょうせついんえすがた》の事

今桐生氏《きりゅうし》の子孫の家に蔵する所の輝勝《てるかつ》の像を見るに、南蛮胴《なんばんどう》に黒糸縅《くろいとおどし》の袖《そで》、草摺《くさずり》の附

いた鎧《よろい》を着、水牛の角《つの》のような巨大な脇立《わきだて》のある兜《かぶと》を被《かぶ》って、右の手に朱色の采旆《さいはい》を持ち、左の手をその親指が太刀《たち》の鞘《さや》に触れる程に大きく開いたまゝ膝《ひざ》の上に伏せ、毛沓《けぐつ》を穿《は》いた両足を前方に組み合わせて虎の皮の敷皮の上に端坐している。もし甲冑を帯していなかったら、今少し体つきの工合《ぐあい》なども分るのであろうが、惜しい哉《かな》此の服装ではたゞ顔だけしか見ることが出来ない。戦国時代の英雄の絵像にはこう云う風に全身を甲冑で固めたものがしばしばある。歴史図鑑などによく載っている本多平八郎の像、榊原康政《さかきばらやすまさ》の像など、皆これに似たもので、いかにも威風凜々《りんりん》としていかめしそうに見えるけれども、同時に殊更《ことさら》肩を怒らしてシャチコ張っているような窮屈な感じがしないでもない。

歴史の上では、輝勝の死んだのは四十

三歳となっているが、此の肖像はそれよりも若く、三十五六歳から四十歳ぐらいの年輩に見受けられる。容貌《ようぼう》の印象は頬が豊かに、頤《あご》の骨が四角に突き出で、決して醜男《ぶおとこ》ではないけれども、顔の割り合いに目鼻口の造作《ぞうさく》が総べて大きく、いかにも沈毅英邁《ちんきえいまい》な豪傑の相たるに背《そむ》かない。就中《なかんずく》丸く大きく見開かれ、前方を睨《にら》んでいる瞳《ひとみ》は、兜の眉庇《まゆびさし》とすれ〳〵になっているために一層険《けわ》しく炯々《けい〳〵》と輝やき、鼻の上方、両眼の迫る間に、もう一つ小さな鼻があるかのように肉が隆起して、横さまに太い一線の皺《しわ》を刻んでいる。その外小鼻《こばな》の両側から口辺へかけても太い皺があり、それが何か苦いものを舐《な》めたような気むずかしい表情に見え、鼻の下と、頤の先とに、バラバラと数えられる程の疎髯《そぜん》がある。

しかし此の顔に一段の威容を添えているものは、疑いもなくその兜である。前述の如くそれには水牛の抱角《だきづの》の脇立があるのだが、その外に尚前方鍬形台《くわがただい》の所に、鬼を蹈《ふ》まえた帝釈天《たいしゃくてん》の前立《まえだて》が附いている。次にその鎧の一部が南蛮胴であることも、何となく異常な感を起させる。私はあまり此の方面のことを知らないけれども、南蛮胴と云うものは、天文《てんもん》年中種子《たね》ヶ島《しま》から鉄砲が伝わった時分に、やはり和蘭《おらんだ》人か葡萄牙《ぽるとがる》人が輸入した西洋式の武具であって、恰《あたか》も桃の実のように真ん中で割れて、その割れ目が高く盛り上り、下部が背中の方へ行く程短かくくびれ上った一種の鳩胸《はとむね》胴である。此の胴は戦国の頃武将の間に甚だ珍重され、後には内地でも模造品が作られたと云うくらいであるから、輝勝がこれを着ていることに別段不思議はないようなものゝ、それでも肖像畫に描くのに此の鎧を選んだのはどう云う訳か。そう云えば一体、此の肖像畫は輝勝が生前自ら絵師に命じて畫かせたものか、或は死後に何人かゞその記憶の中にある公の面影を写したものか明かでないが、いずれにしても公が特に此の鎧を好み、最も多く此れを愛用した證左《しょうさ》にはなると思う。

ところで、単に歴史の上に伝わっている武州公と云うものを頭に置いて此の肖像畫を眺《なが》めたゞけでは、本多忠勝《ただかつ》や榊原康政のそれに似たような豪傑の感じしか湧《わ》いて来ないが、ひとたび公の弱点を知り、性生活の秘密を探った上で、あらためて仔細《しさい》に凝視すると、気のせいでもあろうが、表面颯爽《さっそう》たる英姿の底に何となく一種の不安な感じ、――公の魂の苦悶とでも云うべきものが、そのいかめしい武装の内に隠されていて、或る云い難い陰鬱《いんうつ》さの漂うているのが看取される。例えばその大きく開いた眼、固く結んだ唇、怒れる鼻や肩つきなど、恰も猛虎《もうこ》の絵の如く人を畏怖《いふ》せしむるに足るけれども、見ように依ってはリョウマチの患者が骨を刺すような節々の痛苦をじっと我慢している時の表情に似ている。それに南蛮胴の鎧と云い、水牛の抱角《だきづの》に帝釈天《たいしやくてん》の兜と云い、邪推をすれば、内面の弱点を人に見透《みす》かされまいとして、強《し》いてそう云う威嚇的な扮装《ふんそう》をしたと思われぬでもない。が、たゞでさえシャチコ張った甲冑姿が、此の異様な装身具のために一層不自然さを増して、いかにもギコチなさそうである。元来鳩胸胴の鎧を着たら、矢張西洋風に床几《しょうぎ》にでも腰かけた方が似合うであろうに、あぐらをかいているのだから、胴ばかりが変に前へ飛び出して、尚更窮屈そうに見える。つまり此の鎧の下にあるべき筈の、戦場で鍛えた筋骨隆々たる肉体の感じがない。鎧と体とが離れ〴〵になって、しっくり身についていないのみか、己れを護《まも》り人を威嚇する筈の武具が、却って彼自身に無限の苦しみを与えるところの足枷《あしかせ》手枷のように見える。そして、そう思って見る時、公の面貌に甚だ悲壮な、惨澹《さんたん》たる懊悩《おうのう》の影が現れ、勇ましい鎧武者の姿が、残虐な桎梏《しっこく》に呻吟《しんぎん》している囚人の如くに映じて来る。尚深く疑えば、兜の前立の装飾についても、鬼を蹈《ふ》まえて立っている帝釈天は公の武勇を表象するものであり、脚下に蹈まれて喘《あえ》いでいる醜悪な鬼の方も亦或る場合に於ける浅ましい方面の公を暗示するようでもある。もちろん此の絵師はそんな意図を以て畫いたのではなく、公の秘密について何も知る所はなかったのであろうが、たゞ忠実な写実の結果としてこう云う肖像畫が出来たのであろう。

此の絵と対幅《ついふく》を成して、同じ箱の中に入れてある他の一幅は、公の夫人の像である。どちらにも落欵《らっかん》はないけれども、同一の畫家がほゞ同じ時に描いたものと推定して間違いはあるまい。夫人はもと桐生家と同格の大名《だいみょう》である池鯉鮒《ちりう》信濃守《しなののかみ》の息女である。夫輝勝に仕えて貞淑のほまれ高く、夫の死後は剃髪《ていはつ》して松雪院と称し、実家池鯉鮒家に養われていたが、夫婦の間に子がなかったのでその晩年は殊に淋《さび》しく、夫に後《おく》るゝこと三年にして世を終った。いったい日本の歴史的人物の肖像畫は、男性を写す場合にはよく個性的特長を捉《とら》えて、その人となりを髣髴《ほうふつ》たらしめている傑作が多いが、女性の肖像畫は概して類型的で、或る一時代の理想とする美人の雛型《ひながた》を描いているに過ぎない。今此の夫人の像を見るに、目鼻立ちの整然とした麗人には違いないけれども、此の時代に於ける他の大名の夫人の像と比較して、これと云う差別が認められない。即ち此の像を、細《ほそ》川忠興《かわたゞおき》夫人の像としても、別所長治《べっしよながはる》夫人のそれとしても、見る者の印象にさしたる相違がありそうにも思われない。

斯かる類型的な美人の顔には、常に一種の青白い冷やかさが伴う。此の夫人の容貌もやはりそうであって、ところ〴〵剝《は》げかゝった、色の褪《さ》めた胡粉《ごふん》の塗ってある頰のあたりを視《み》つめると、圓顔《まるがお》の、ゆったりとした肉づきにも拘わらず、全く生気を缺いている。彫刻的な、高い鼻もそうである。取り分けその眼は切れが長く、非常に細く、威厳のある眼瞼《まぶた》の下に針のように冴《さ》えている瞳は、上品な聡明さを示すと共に、何かしら一脈の寒さを覚えさせる。蓋《けだ》しあの頃の大名の奥方は、所謂「北の方《かた》」であって光線の乏しい御殿の奥の間に垂れこめつゝ単調な日々を送っていたのであろうから、誰も彼もこんな類型的な表情になったかも知れない。就中此の夫人の、侘《わ》びしい、しょざいない、泣くにも泣かれない孤独な生涯《しょうがい》を想《おも》うと、事実こう云う顔つきをしていたらしい気もするのである。

武州公秘話巻之二

法師丸《ほうしまる》人質となって牡鹿城《おじかじょう》に育つ事、並びに女首《おんなくび》の事

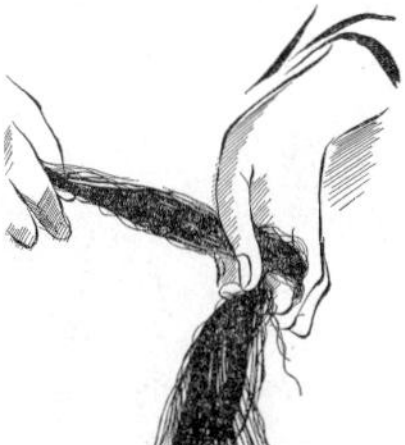

「道阿弥話《どうあみはなし》」に曰《いわ》く、
瑞雲院《ずゐうんゐん》様御幼名は法師丸と申され候、武蔵守輝国《てるくに》公御嫡男《ちやくなん》に御座あれども、七歳のおん時、おん父輝国公隣国筑摩《つくま》殿と御和睦《おんわぼく》あるに依つて、若君を人質として筑摩一閑《いつかん》斎殿《さいどの》のおん館《やかた》牡鹿山《をじかやま》へ被遣《つかはされ》候、瑞雲院様おん物語に、それがし幼少より父武蔵守の膝下《しつか》を離れ、十数年の間牡鹿山の城中にありて文武の道を学ぶ、されば旁〻一閑斎に養育の恩を受けたりと被仰《おほせられ》候
と。但し此の文中には「和睦」とあるが、当時筑摩家は門地《もんち》も高く、数ヶ国を領していた大々名であったから、屈辱的な降参ではない迄も、決して対等の和睦をしたのではな

く、実は一関斎の麾下《きか》に隷属《れいぞく》したのであろう。そうでなければ大切な総領息子を人質に差し出す筈がない。

法師丸の少年時代の逸話はあまり多く伝わっていないけれども、茲《こゝ》に一つの事件がある。天文十八年、法師丸が十三歳の秋、牡鹿山の城が管領畠山《はたけやま》氏の家人《けにん》薬師寺《やくしじ》弾正政高《だんじようまさたか》の兵に囲まれ、籠城《ろうじよう》は九月から十月に亙《わた》った。そのとき法師丸は元服前であったから戦場に出ることを許されず、毎日城の中にあって合戦の模様を聞いては幼い胸をときめかしていた。法師丸は、自分のような子供がいくさに出られないのは仕方がないけれども、武門の家に生れたからには、こう云う場合にせめて実戦の光景を見ておきたい。まだ初陣《ういじん》の功を立てる年頃ではないとしても、今のうちから親しく剣戟《けんげき》のあいだをくゞって、勇士の働きとはどんなことをするものか知りたいと思った。が、牡鹿山の城は筑摩家代々の本城であるから、備えもきびしく、城内の区劃《くかく》もかなり複雑に出来ているので、なか〳〵外へ忍び出るような便宜もない。まして合戦が始まってからは人質の監視がやかましい上に、法師丸には桐生家から附き添って来た補佐役の侍がいて、それが何や彼やと世話も焼けば干渉もする。法師丸は自分の部屋と定められた所に一日じっと引き籠《こも》っていて、遥かにきこえて来る鉄炮《てつぽう》の音や鬨《とき》のこえを耳にしながら、補佐役の青木主膳《あおきしゆぜん》という侍から「あれは寄手《よせて》が追い崩《くず》される物音です」とか、「今度は味方が門内に引き揚げる合図の貝《かい》の音《ね》です」とか、刻々の戦況を聞かされるだけであった。主膳の話だと、今度のいくさは味方に取って容易ならぬ苦戦で、敵は既に此の本城の周囲にある多くの子城《こじろ》を攻めおとして、二萬騎にあまる軍勢が此の山の麓《ふもと》を幾重にも囲んでいる。味方はわずか五千に足らぬ人数を以てそれを防いでいるのである。幸い此の城は要害がきびしく、有利な地形に拠《よ》っているから、どうやら今日までは持ちこたえたけれども、最早や籠城を始めてから一と月にも垂《なんな》んとする。恃《たの》む所は京都の方の形勢に変化が起って、自然と敵が囲みを解くようになるであろうと云う一事で、その時機が早く来てくれなければ、早晩《そうばん》城は陥るのであった。

法師丸は人質と云っても大名の子息であったから特別の待遇を受けていたらしい。従って彼の住んでいたのは本丸の中の相当な部屋であったゞろう。しかしそのうちに城の外廓が攻め落され、寄手の軍勢が三の丸へ這入って来たので、それ迄は餘裕《よゆう》のあった廣《ひろ》い城内も、だん〳〵狭隘《きようあい》を告げるようになった。三の丸にいた味方の人数が二の丸へ追い詰められ、二の丸が窮屈になって本丸へなだれ込み、部屋と云う部屋、櫓《やぐら》と云う櫓に人が充満した。そうなって来ると、整然としていた部署も乱れがちになり、持ち口〳〵が定めてあってもその通りには行われず、手のあいているものは何でも手伝うと云うようになる。青木主膳も、味方の苦戦を餘所《よそ》に見つゝ若君の傍《そば》にばかり附き添ってもいられないので、寄手の攻撃の急な時には、一方の要害を引き請《う》けて防禦《ぼうぎょ》の加勢をしなければならなかった。

いとけなき折のことをおもふに、当時はくちをしかりしことも後になりてはなつかしきものなり、それがし牡鹿山に籠城のみぎり、名もなき女《をんな》童《わらべ》共と一つ所に起き伏し、て合戦の駈引《かけひき》なんど知るに由なく、無念やる方なかりしが、今その頃の事を思へば中々興ありしことに存ずるなりと被仰《おほせられ》候

と、「道阿弥話」にはその時のことをこう書いている。結局法師丸は、青木主膳の監督が弛《ゆる》んだことをたいそう喜んだのであった。そのうえ、今迄戦争の空気とかけはなれていた彼の部屋にもいろ〳〵な見知らぬ「女童共」が詰め込まれて来て、周囲が一時に賑《にぎや》かになった。此の「女童」と云うのは、矢張人質の一群であって、こう云う場合、少年や婦女子は足手まどいになるばかりだから、みんなその法師丸のいた室内へ集められたのであろう。いったい子供と云うものは、戦争にしろ、地震や火事にしろ、何かそう云う混雑の際に狭い所へ人が大勢避難して来てガヤガヤ騒ぐのを、恰《あたか》もキャンピングにでも行ったように珍しがったり嬉《うれ》しがったりする癖がある。法師丸も、「名もなき女童共」と一緒にされたのは無念であったかも知れないが、世間を知らない貴族の若君であったゞけに、そんな連中と接触することに一種の好奇心を感じたに違いない、分けて

も彼の注意を惹《ひ》いたのは、その中に交っている年嵩《としかさ》な婦人たちの一と組であった。そこに集った人質のうちでも、男の方はみんな少年ばかりであったが、女の方は年齢が一定していない。五十六十の老婆もあれば中年増《ちゅうどしま》の女房もあり、まだうら若い娘などもいる。此の連中は、法師丸から見れば「名もなき」者共であろうけれども、人質になるくらいだから、いずれも相当な士分の家柄の婦人である。その證拠には、彼女たちはどんなに寄手の攻撃が迫って来ても、決して取り乱した様子がなく、いつも落ち着いてつゝましやかに部屋の一隅に控えていた。彼女たちは、年上の者は勿論、若い者でも一度や二度は戦争に遇った経験があるらしく、鬨《とき》の声の挙《あ》げ方や、陣太鼓《じんだいこ》の響き工合や、その他いろ〳〵の物のけはいで、敵味方の勝ち敗けを判じたり、今日《きょう》は夜討ちがあるだろうとか、明日《あす》は朝がけがあるだろうとか、そんなことをよく心得ていて、茶のみ話でもするように、しずかに話し合っているのが常であった。法師丸は青木主膳が忙しくなってからは、誰に戦況を尋ねることも出来ないので、いつとはなしに、この婦人たちの会話に聞き耳をたてるようになった。彼は自分もその連中の仲間へ入れて貰《もら》いたかったのだが、相手が年上の女たちであるから、キマリが悪くって、唯遠くからそれとなく気を配ったり、何か外の用にかこつけてうろ〳〵とその辺へ立って行ったりした。すると、或る日のゆうがた、ちょうど其の日は激しい競《せ》り合いがあって、その女たちのうちでも働き盛りの年頃の者は、しきりに負傷者の世話などをしたあとのことであった、例の如くその日の合戦の噂話《うわさばなし》が始まったので、法師丸がそうっと彼女等の席の方へ近寄って行くと、

「法師丸さま」

と、一座の中から一人の老女が声をかけた。

「法師丸さま、まあ此方へおはいり遊ばしませ」

老女はそう云って、いたわるような眼を向けてにこやかに笑った。それから仲間の女たちを顧みて、

「この若さまは感心なお児《こ》ですよ」

と云った。

「いつもわたしたちが合戦の話をすると、此のお児は聞かないような振りをして一生懸命に聞いていていらっしゃる。お小さい時から斯うでなかったら、立派な大将になれる筈はない」

此の老女は比較的身分が高いので皆の尊敬を集めていたらしく、厚い褥《しとね》の上にすわって、脇息《きょうそく》に肘《ひじ》をついて、二十人程の一団が輪を作っている中心のような位置に座を占めていた。

「法師丸さま、いくさの話がお聞きになりとうございますか」
と、そのとき別な年増の女房が尋ねたので、法師丸は
「うん」
と、首でうなずいてみせた。彼はそこにずらりと列《なら》んでいる婦女の一群の視線が、今の老女の言葉と共に一斉に自分の顔へ向けられつゝあるのを感じると、ちょっと訳の分らない恐怖、——云わば異種族に取り巻かれた時の気おくれに似たものを覚えた。何を云うにも、男女の区別の厳重であった当時の武士階級のことである。まして此の少年は、幼時から両親の側を離れて武骨な侍の間に育ち、蘭麝《らんじゃ》の薫《かお》りなまめかしい奥御殿の生活と云うものを殆ど知らない。かり

にも女らしい女が二十人と寄り集《つど》ったところに醸《かも》し出されるきら〳〵しい色彩と、嗅《か》ぎ馴《な》れない薫《た》き物の匂《におい》とが、生れて始めて彼の眼の前に一箇の花園をひろげたのである。此の間から遠くの方で眺《なが》めてはいたけれども、こう近寄ってその雰囲気に包まれてみると、恐らく法師丸は、美しさや色っぽさを感じるより先に、不馴れから来る一種の嫌悪《けんお》に襲われたのであろう、暫く黙って衝《つ》っ立っていたが、

「まあ、こゝへおすわりなさりませ」

と、再び促《うな》がされたので、

「うん」

ともう一遍うなずいて、その気おくれの感情を抑《おさ》えるために、わざと畳へ響きを立てゝ威勢よくすわった。

「若さま、あなた様ももう二三年でございますね、そうしたら戦に出られるようにおなりになりますよ」

と、誰かが少年の心の中を察して、そう云ってくれた。

「ほんとうにね、此のお児は体格もしっかりしていらっしゃるし、上《うわ》ぜいもおありになる、見るから頼もしそうなお児だ」

女たちは法師丸がどう云う人の悴《せがれ》で、どう云う事情で此処にいるのかをよく知っていた。

それに、自分たちが人質の身の上であってみれば、此の少年の境遇に自然と同情を抱《いだ》いたのであろう。中には又、此の少年ぐらいな年恰好の息子や弟を持っている母や姉もあったであろう。兎に角みんなが法師丸の雄々しい姿を褒《ほ》めそやして、「初陣《ういじん》の時の武者《むしゃ》振《ぶ》りが見たい」とか、「こう云う世継ぎを儲《もう》けておられる武州殿は仕合わせだ」とか云ったりした。しかし法師丸は、そんなことはどうでもよかった。それよりも早くいくさの話をして貰いたかった。と、さっきの老女が、

「あなた様は、まだ一ぺんも敵の様子を御覧になったことがございませんの」

と、あわれむように云った。老女としては、それは好意のある憐《あわ》れみであったけれども、法師丸は此の言葉に侮辱を感じて赧《あか》くなりながら、首を振って見せた。そして、

「見たいんだけれど、己《おれ》には見せてくれないんだよ。子供は二の丸なんぞへ行ってはいけないと云うんだ」

「どなたがそう仰っしゃいますの」

老女は法師丸の、さも不平らしい口ぶりに微笑を含んだ。

「己には附き添いの侍がいるのだよ、それがいろ〳〵やかましいことを云うもんだから」

そう云ってから、今度は法師丸の方から尋ねた。

「お前たちは、敵の攻め寄せる近くまで見に行ったことがあるんだろうね」

「えゝ、今日《こんにち》のように合戦《かっせん》の忙しいときは、いろ〳〵お手伝いをいたしますものですから、櫓の上や御門の際《きわ》までも出て行くことがございます」

「じゃあ、敵を斬《き》り殺して首を取ったりするところが見られるのかい」

「えゝ、えゝ、それは見られます。あまり近くで血を浴びることもございます」

そう云う老女の顔を、法師丸は羨《うらや》ましそうに見上げた。大人《おとな》はいゝなあ、女でもそんな所が見られるんだから。――そう思うと矢も楯《たて》もたまらなかった。

「ねえ、己をお前たちの仲へ入れて、明日連れて行っておくれよ」

「さあ、それはちょっと、………」

と云って、老女はいじらしい子供だと云う風に、相変らずやさしい笑《え》みを浮かべながら答えた。

「折角でございますが、それはなりますまい。それでは青木主膳さまに私どもが叱《しか》られます」

「なあに、主膳には分りはしないよ。己は決してお前たちの邪魔はしない、お前たちに出来ることなら、己にだって出来ないことはない」

「けれども、御身分のある若様が、女どもの仲へ這入って手伝いなどをなさるものではありませぬ。そんなことを遊ばしたら物笑いになります」

法師丸は、その老女の云うことを如何にも尤もだと思うより仕方がなかった。が、戦の現場へ出て、実際に勇士と勇士とが組み討ちをする光景を見られないとすれば、せめて名ある勇士の屍《むくろ》だけでも、首級だけでも、見たいのであった。実を云うと、彼はまだ凄《すさま》じい斬り傷を受けた屍骸《しがい》だの、血の滴《た》れるような生々しい人の首だのを見た経験がないのである。曝《さら》し首ぐらいには何処かで行き遇った覚えがあるけれども、戦場の壮烈さを忍ばせるようなものは、嘗《かつ》て一度も目撃する機会を与えられなかった。貴族の家に養われて、出るにも入るにも監視を受けていた彼としては、それが当り前かも知れないが、武将の子であり、もう十三にもなっているのにと思うと、何だか法師丸は、人前へ出ても気が引けてならなかった。殊に今度のように、自分の部屋のつい近くで毎日敵味方が死人の山を築いていているのに、そして婦人たちまでが血の雨を浴びる程そう云うものに親しんでいるのに、自分だけが全く経験を持たないと云うのは、此の上もない不名誉のように思えるのだった。自分はそんなものを見ても恐怖を感ずる筈はないが、しかしどのくらい平気でいられるものか、胆力の程を試してみたい。今のうちからそう云う修練を積んでおいて、初陣《ういじん》の時に不覚を取らぬようにしたい。

二三日過ぎてから、法師丸が此のことを老女に訴えると、老女は暫く考えた後に、

「よろしゅうございます」

と云った。

「合戦の場所へお連れ申すことはかないませぬが、首級を御覧になるだけでしたら、わたくしが計らって差し上げます。その代り、必ず〳〵誰方《どなた》にも仰しゃってはなりませんよ。ようございますか。それさえ守って下さいましたら、今夜わたくしがよい所へ御案内いたします」

老女は声をひそめて云った。そして法師丸にこんなことを話した。と云うのは、近頃毎晩のように、自分たちの仲間から五六人の女が選ばれて行って、討ち取った敵の首級を、首帳《くびちょう》と引き合わせたり、首札を附け替えたり、血痕を洗い落したり、そんな役目を勤めている。首と云うものは、名もない雑兵《ぞうひょう》のものなら知らぬこと、一廉《ひとかど》の勇士の首であったら皆そう云う風に綺麗《きれい》に汚れを除いてから、大将の実検に供えるのである。だから見苦しいことのないように、髪の乱れたのは結い直してやり、歯を染めていたのは染め直してやり、稀には薄化粧《うすげしょう》をしてやるような首もある。要するに、なるべくその人が生きていた時の風貌《ふうぼう》や血色と違わぬようにするのである。此のことを首に装束をすると云って、女の仕事になっているのだが、此の城では婦人の手が不足なために、人質の中の女共が云い付かるようになった。だからそこで働いているのは、みんな老女の心やすい者ばかりなので、そんな所でも宜しかったら、内證で見せて上げましょうと云うのであった。

「ようございますか、知れると後が面倒ですから、そのおつもりで、黙って私に附いていらしって、大人しく見物なさるんですよ。決してお手伝い遊ばしたり、餘計な口をおきゝになってはいけません」

老女は好奇心に燃える少年の眼を見入りつゝ、そう云って念を押してから、

「では今夜、わたくしがお誘いに参りますから、寝たふりを遊ばして待っていらっしゃいまし」

と云った。

法師丸の寝所は、前にも云うように女子供に侵入されて、誰彼の差別もなく並んで寝るような始末であったが、それでも此の少年の寝床だけは、一番上座に衝《つい》立《たて》で区切りがしてあって、その衝立の内側に、彼と青木主膳とが眠るのであった。しかし都合のよいことには、部屋が廣い上に燈明が一つぼんやり燈《とも》っているだけで、衝立の此方《こっち》側は濃い闇《やみ》になっていたから、主膳がちょっと寝《ね》惚《ぼ》け眼《まなこ》を開けたくらいでは、法師丸の寝床が空《から》になっているのが分る筈がない。第一、此の頃の主膳は晝間の働きに疲れ切っているらしく、倒れたら最後高鼾《たかいびき》をかいてぐっすり眠り通すのである。尤もそれは主膳ばかりではなかった。交代で夜を警《いま》しめている武士以外は、皆死んだように熟睡するので、晝間の騒擾《そうじょう》と活動が激しければ激しい程、夜は無気味に静かになる。法師丸はそのしーんとした闇の中で、夜着を被《かむ》って、まんじりとせずに息を凝らしていると、やがて老女の足音がして、衝立の戸をほと〳〵と叩《たゝ》いた。

「どっち?」

少年は、主膳の寝床の裾《すそ》の方を廻って、そうっと衝立の外へ出た。

「こちら」

と、老女が一と言云って、頤《あご》で部屋の出口を指した。そして、すぐ先に立って歩き出したらしく、衣《きぬ》ずれの音がおだやかな海に打ち寄せる波のように、さあッ、さあッ、と、一定の間隔を置いて、際立って耳についた。

九月ももう半ばごろのことで、寒い晩だった。老女は白い小袖の上に、何かごわ〳〵した裲襠《うちかけ》めいた物を纏《まと》って、猫背《ねこぜ》の肩をかゞめて、引きずった裾が寝ている人に触らぬように、そして、衣ずれの音を少しでも殺すように、両手で褄《つま》を取っていた。雪洞《ぼんぼり》は持っていないけれども、廊下へ出ると、庭のところ〴〵に篝《かが》り火が燃えているので、それが何処からか板敷に反射するばかりでなく、とき〴〵振り返っては法師丸に眼で合図をする老女の半顔を赤々と照らした。彼女が小声で何か云うたびに、息が白く凍るのが分った。少年は、いつも晝間見る時の老女とは、まるきり違った感じがした。品のよい、暖かみのある、乳母《うば》か伯母《おば》さんのような老婦人であるのが、今はそんな風に見えない。悪い人間と云うのでもないが、肉の落ち凹《くぼ》んだ顔の方々に深い影が出来て、般若《はんにゃ》の面のようである。そのせいかどうか、晝間よりは一層歳《とし》を取った、うすぎたない老婆に見える。白髪《しらが》が生えていることも前から気が付かないではなかったが、それが特に小鬢《こびん》に多く、かゞり火の餘焔《よえん》が遠くでめら〳〵と燃え上るのを逆光線に浴びて、針鉄《はりがね》のように光っている。と、法師丸は、身分のある者は決して知らない人に誘われてウカウカ外へ出るものではない、出る時は必ず私に断って出るようにとかね〴〵青木主膳から云われていた言葉を思い出した。何かたくみがあるのではないか、危険な罠《わな》へ落し込まれて行くのではないか。——だが、彼はすぐにその怯懦《きょうだ》な考えを耻じた。老女の顔がへんに凄いのは、夜の明りのせいだ。外に何も原因はない。それだのに危険を想像するのは、臆病虫に憑かれたと云うものだ。そう思うと、そんな疑念をほんの一時でも抱いたことに自尊心を傷けられた。

「これをお召し下さいまし」

廊下の突きあたりへ来たときに、遣戸《やりど》を音を立てぬようにごそ〳〵と開けて、自分が先に庭に下りると、老女はふところから草履《ぞうり》を出して、それを法師丸の前にそろえた。かゞり火の炎が強かったので今迄は分らなかったが、外には十三四日頃の月が冴《さ》えていた。その月の光が、白い漆喰壁《しっくいかべ》の多い附近の建物に反射して、地上をひときわ明るくしている。老女は、その白壁が幾つにも屈曲している面に添うて蔭《かげ》と月光とがだんだらに入り交った間を、やゝ急ぎ足に歩いた。そして、一と棟《むね》の土蔵のような建物の前へ来ると、そこの戸を開けて、法師丸を手招きしながら、

「こちらでございますよ」

と云った。

法師丸は、その建物なら覚えがあった。中は武具などを入れる倉庫になっていて、上に、低い屋根裏のような二階がある。しかし老女の後について這入ったところでは、内部の様子が籠城以前とは著しく変っていた。そこに収めてあった筈の武具やその他の嵩張《かさば》っ

た荷物が戦争のために悉《ことごと》く取り出されてしまったらしく、土間の大部分ががらんどうになっていて、一方の隅に急拵《きゆうごしら》えで拵えた竈《かまど》が築いてある。真っ暗なのでよくは見えないが、竈の下にちら〳〵している薪《たきゞ》のあかりと外からさし込む月の光とで、法師丸にはそれだけが分った。と、同時に異様な臭気を感じた。倉庫に特有な黴《かび》の臭《にお》いでもあるけれども、それにいろ〳〵な物の交った、複雑な、不愉快な臭いである。おまけに、竈の上に釜《かま》が懸《か》けてあって、湯が沸《たぎ》らしてあるせいか、妙にその臭いが生暖《なまぬる》くたゞよって来る。

「梯子段《はしごだん》でございますよ、お気をお附けになって。――」

と云って、老女は二階へ上って行った。法師丸は又そのあとに従った。そして、梯子段を上り切ったところで、はじめて彼は明るい燈火《ともしび》の中にすわった。

「臆病であってはならない、どんな光景にも顔を背《そむ》けてはいけない」

――そう云う意識が、少年の眼を何より先にその室内の最も恐ろしい物体の上へ釘着けにした。彼は自分に一番近い所にいる婦人の、膝《ひざ》の前に置かれた一つの首級を見、それから順々に、そこに並んでいる首と云う首に視線を移した。法師丸は、それらの首を、どれでも平気で長いあいだ見ていられることに満足を感じた。ありていに云うと、それらは寧《むし》ろ作り物のように清潔になっていて、彼の豫期《よき》していたような戦場の実感や勇士の面目などは、少しも感ぜられなかった。見ていればいる程、それらがだん〳〵人間離れのした品物らしく思われて来るばかりであった。

女たちは、前に老女から聞いていたと見えて、法師丸が這入って来ると、うや〳〵しく目礼をして、それなり静かに作業を続けた。人数はちょうど五人いた。そのうちの三人がめい〳〵一つずつ首を自分の前に据えて、あとの二人は助手の役をしていた。一人の女は、半挿《はんぞう》の湯を盥《たらい》に注《つ》いで、助手に手伝わせながら首を洗っていた。洗ってしまうとそれを首板の上へ載せて次へ廻す。もう一人の女がそれを受け取って髪を結い直す。三人目の女が、今度はそれに札を附ける。仕事はそう云う順序を以て運ばれていた。最後にそれらの首は三人の女のうしろにある長い大きな板の上へ一列に並べられた。首がすべり落ちないように、その板の表面には釘《くぎ》が出ていて、それへ首をぎゅっと突き刺す仕掛けになっていた。

作業の都合上、三人の女の間に燈火《ともしび》が二つ据えてあり、部屋は可なり明るくしてあった。それに、立つと頭が梁《うつばり》につかえそうな屋根裏なのだから、法師丸にはその室内の光景が一つ残らず眼に映った。彼は、首そのものからは強い印象を受けなかったけれども、首と三人の女との対照に、不思議な興味をそゝられたのであった。と云うのは、その首をいろ〳〵に扱っている女の手や指が、生気を失った首の皮膚の色と比較される場合、異様に生き〳〵と、白く、なまめかしく見えた。彼女たちはそれらの首を動かすのに、髻《もとどり》を摑《つか》んで引き起したり引き倒したりするのであったが、首は女の力では相当に重いものなので、髪の毛をくる〳〵と幾重にも手頸《てくび》に巻き付ける。そう云う時にその手がへんに美しさを増した。のみならず、顔もその手と同じように美しかった。もうその仕事に馴れ切って、無表情に、事務的に働いているその女たちの容貌は、石のように冷めたく冴えていて、殆ど何等の感覚もないように見えながら、死人の首の無感覚さとは無感覚の工合が違う。一方は醜悪で、一方は崇高である。そしてその女たちは、死者に対する尊敬の意を失わないように、どんな時でも決して荒々しい扱いをしない。出来るだけ鄭重《ていちょう》に、慎《つゝ》ましやかに、しとやかな作法を以て動いているのである。

法師丸は全然豫想もしなかった恍惚郷《こうこつきょう》に惹き入れられて、暫く我を忘れていた。それがどう云う感情の発作《ほっさ》であったかは、後になって理解したことで、当時の少年の頭では何も自覚していなかった。たゞ今迄に経験したことのない気持、——或る云い知れぬ興奮であった。そう云えば二三日前のゆうがた、始めて老女に話しかけられた時に、此の三人の女たちも矢張あの場に居合わせたので、確かに顔に記憶はあるけれども、あの時は何の感じも抱かなかったのだ。その同じ「顔」が、この屋根裏でこれらの首と差向いになっている今、何故か彼を魅惑するのだ。彼は三人の女たちの仕業《しわざ》を、代る〴〵見守った。一番右の端にいる女は、木の札に紐《ひも》をつけて、それを首の髻《もとどり》に結いつけているのだが、たま〳〵髪の生えていない首、――「入道首」が廻って来ると、錐《きり》で耳へ穴を開けて、紐を通していた。その穴を開ける時の彼女の様子は、彼の心を甚だしく喜ばせた。が、最も彼を陶酔させたのは、まん中に座を占めて、髪を洗っている女であった。彼女は三人のうちで一番年が若く、十六か七くらいに思えた。顔も圓顔の、無表情な中にも自然と愛嬌《あいきょう》のある面立《おもだ》ちをしていた。彼女が少年を惹きつけたのは、とき〴〵じっと首を視入る時に、無意識に頰にたゝえられる仄《ほの》かな微笑のためだった。その瞬間、彼女の顔には何かしら無邪気な残酷さとでも云うべきものが浮かぶのである。そしてその髪を結ってやる手の運動が外の誰よりもしなやかで、優美である。彼女はおり〳〵、傍の机の上から香炉《こうろ》を取って、それで髪の毛を薫《た》きしめる。それから、髪を結い上げて、元結《もとゆい》を結んでしまうと、それが一つの作法だと見えて、櫛《くし》の峰の方で、首の頂辺《てっぺん》をコツコツと軽く叩くのである。法師丸はそう云う彼女をたまらなく美しいと感じた。

「いかゞでございます、もうおよろしゅうございましょう」

老女にそう云われて、少年は急に赧《あか》くなった。老女の顔はいつか優《やさ》しい品のよい伯母さんに復《かえ》っていたけれども、ニコニコしながら此方へ向けている彼女の眼が、何か自分の秘密を見透かしているように、法師丸には思えたのである。

その晩、彼等が屋根裏にいた間は、今の時間にすれば二三十分に過ぎなかったであろう。元来なら法師丸は、もう少し其処に置いてくれるように老女にせがむところであった。子供が珍しいものを見たがるのに何の不思議もない訳だから、「己はもっと見ていたいんだ」とだゝを捏《こ》ねてもよかったのに、何故《なにゆえ》かその時の法師丸は、少年らしい無邪気さを失っていた。そして限りない心残りを覚えながら、老女に促《うなが》されて梯子段を下りて行ったが、さっきの恍惚感が後に長くつゞいていて、いつ迄も彼を陶酔の状態に置いた。

「さあ、もう此れで気がお済みになりましたでしょ。今夜のことは私の一存で計らって上げたのでございますから、誰にも仰っしゃってはいけませんよ」

寝所の入り口へ来たときに、老女は彼の耳元へ顔を寄せてそう云ってから、

「ようございますね、――ではお静かにお休みなさいまし」

と云って引き取ってしまった。衝立の蔭へ這入ってみると、よいあんばいに青木主膳は何事も知らずすや〳〵と寝ている。しかし法師丸は、

自分の寝床へもぐり込んでからも、容易に興奮が治まらないで、眼が冴えるばかりであった。じっと闇を視つめている彼の瞳には、また、く燈火《ともしび》の明りの下にころがっていた無数の首、その表情、皮膚の色、血のにじんだ切断面、――それから、それらの静寂な物体の一群の中で、生き〳〵と動いて働いていたなまめかしい指、分けてもあの十六七の美女の圓顔が、一と晩じゅう怪しい幻影となって泡《あわ》のように消えたり浮かんだりした。何しろ彼の目撃したものは唯でさえ異常な場面である。そうして、その場面には鼻を衝《つ》くような異臭が充《み》ち、そこにいた女共は皆生首《なまくび》と同じように黙々として一語も発しなかったのである。十三歳の少年が夜半に閨《ねや》を忍び出て、青白い庭の月光を蹈んで、不意にそう云う奇妙な所へ連れて行かれたのであるから、――而もそれが短時間のうちに終ったのであるから、――全く現実とかけ離れた世界が、一瞬間ぱっと現れて忽ち又消えて亡くなったような感じがしたに違いない。

夜が明けると、相も変らず寄せ手の激しい攻撃が始まって、鉄炮の音、煙硝《えんしょう》の匂、法《ほ》螺貝《らがい》、陣太鼓、鬨《とき》の声などが一日つゞいていた。そして人質の婦女の一隊は、その日も兵粮《ひょうろう》弾薬の運搬や、負傷者の介抱にかい〴〵しく奔走していた。法師丸はその一隊の中から昨夜《ゆうべ》の女どもを捜し出して、あの屋根裏の光景が夢でなかったことを確かめてみようと思ったけれども、彼が特に魅惑された美女も、その他の四人の女共も、此の間じゆうは居たに違いないのだが、今日は一人も見かけないのであった。たゞ老女だけはいつもの通り脇息に靠《もた》れて部屋の片隅に坐ったまゝ、法師丸には朝からわざとよそ〳〵しい素振《そぶり》を示していた。察するところ、あの五人の女共は夜通し首を洗う仕事があるので、晝間合戦がある間は何処かで休んでいるのではあるまいか。或は今頃はあの屋根裏で寝ているのかも知れない。——法師丸は大方そうであろうと思った。あの女共が晝間見えないと云うことは、今夜も矢張彼女たちが昨夜の作業を受け持つ豫定になっているものと推定された。

そこに気がついた少年は、ひたすらその日の暮れるのを待った。あの屋根うらへもう一度連れて行ってくれるように老女に頼んでみたところで、恐らく承知しないであろう。が、最早や老女の案内を必要としないのみならず、老女がいては却って邪魔になるのである。老女に感づかれないように、こっそり伏し戸を抜け出すことにさえ成功したら、あとは独《ひと》りで行けるのである。法師丸はそう決心すると、自分の方からも成るべく老女によそ〳〵しくして、傍へ寄り着かないようにした。彼は自分がそんなに迄あの屋根裏へ行きたがるのが、昨日《きのう》とは全く違った動機からであることを、我ながら奇としないではいられなかった。兎に角くそれは武士の子らしい望みでないことは確かである。自分は胆力を試すためにもう一遍あの光景を見に行くのだと、自ら弁解してみたところで、その実外に目的があるのだ。それを少年は明瞭《めいりよう》に意識してはいないながら、或る理由の分らない羞恥《しゆうち》と良心の不安とを感じた。

少年の最も懸念《けねん》したのは、青木主膳の眠りを破ることよりも、老女が眼をさますことであったが、運よく誰にも気が付かれずに廊下へ出ると、あとは何の雑作《ぞうさ》もなかった。少年はちょうど昨夜と同じ時刻に再び庭の月光を蹈んだ。そして、倉庫の戸を開けて、梯子段の下へ来る迄は、何か眼に見えぬ力に誘われて夢中で引き寄せられてしまったが、そこへ来たとき、一瞬間立ち止まって二階の方へ耳を澄ました。実を云うと、ゆうべの出来事が彼には未だに一場の幻影のような、――たとえばあの老女が魔術を使って無いものを有ると思わせたような疑惑が残っていたけれども、今こゝへ来て彳《たゝず》んでみると、矢張土間には竈《かまど》の湯が沸《たぎ》らしてあって、生暖《なまあた》ゝかい空気の中に、あの忘れられない異臭が匂っているのである。屋根裏からは何の物音も聞えて来ないが、梯子段の上り口に灯《ほ》かげがゆらめいているのを見れば、人がいることは確かである。少年は、その釜の湯が何のために沸かしてあるのか昨夜《ゆうべ》は気が付かずに過ぎたが、首を洗うためだと云うことを、そのとき始めて悟ったのであった。

いよ〳〵現実に違いないことが分ると、羞恥感がひとしお彼に壓力《あつりよく》を加えた。彼の足が一歩々々梯子段を昇《のぼ》って行くほど、逆に彼を引きおろすようにする何物かゞあって、少年は心でそれと闘《たゝか》いながら上《あが》り詰めた。豫期した通り昨夜と同じ作業の光景が、同じ五人の女に依って展開されていたのである。しかし女たちの方では、今夜の彼の訪れを豫期していなかったのは云う迄もない。少年がそこに現れたのを見ると、明かに彼女等の眼に不審の色が浮かんだ。重立《おもだ》った三人の女たちは、首をいじくっている手を休めて、まっすぐ少年に凝視を向けたが、一番年嵩《としかさ》らしいのが丁寧に頭を下げると、外の女たちもそれで心づいたように、両手で首を持ったまゝしとやかなしぐさで敬意を示した。彼女等の顔に或る表情がほのめいたのはそのほんの僅《わず》かな間だけで、次には再び黙々たる作業が開始されていた。

女たちが此の人質の貴公子に儀礼を拂った時、少年は襟元《えりもと》まで赧《あか》くなった顔を傲然《ごうぜん》と擡《もた》げて、大名の

若君にふさわしい威容をつくろって立っていた。羞《はず》かしさやキマリ悪さを胡麻化するためにニヤニヤ笑うような術《すべ》を彼は知らないのであった。彼は生れながらに武将の子であるから、どんな場合でも、——まして女たちの前では尚更——その品格を崩さぬ態度を取らなければならなかった。内面の羞恥と、外面の堂々さと、——此の矛盾を抱いた子供が肩を怒らして武張《ぶば》って立っている様子は、幾分滑稽《こっけい》だったであろう。が、幸いにも女たちは直ぐ仕事の方に注意を向けたので、最早や彼を見ていなかった。彼女等は少年が独りでやって来たことを訝《いぶか》しく思ったには違いないが、それを詰《なじ》るのは無礼であるし、又自分たちの任務でもないと心得ているらしく、せっせと作業にいそしむのであった。その事務的に、無表情に、まめ〳〵しく働いている女たち、部屋の至るところに並んでいる生首、低い屋根裏に燃える燈火、薫香《くんこう》の匂と血の匂との交った空気、——すべてが昨夜の通りであった。むしろ法師丸には、昨夜と今夜とが一つの連続した夜に思えた。その間に晝間があり、たった今自分が独りで忍び出て来た別な世界があることが、却って遠い夢のように感ぜられた。たゞ違うのは自分の傍に老女がいないことだけで、あの恍惚たる陶酔の気持、胸を掻きむしられるような激しい荒々しい歓喜までが、いつの間にか彼を囚《とら》えていた。

一番右の端の女は、今夜も矢張入道首の耳へ錐を突き刺して、穴を開けている。まん中の髪を洗う女も、相変らず首の頭を櫛でコツコツ叩いている。――ゆうべの彼を最も強く魅惑したのは此の女であったが、思うにそれは、彼女が今や十分に肉体の発育しきった年齢にあったことがその原因の一つに相違ない。なぜかと云うのに、此の室内を領しているものは夥《おびたゞ》しい首、「死」の累積《るいせき》なのである。そう云う中にあってその娘の持つ若さと水々《みず〱》しさとは一層引き立って見えたであろう。たとえば彼女の紅味《あかみ》のさした豊かな頬は、青白い首の血色と対照される時に、その本来の紅さよりも以上に生き〱としたものに思えたであろう。それから又、彼女の受け持ちが首の髪の毛を解いたり結んだりする仕事であるために、その髪の油に滲《し》みた指が、毛の黒さと比較されて実際よりも白くなまめかしく映じたであろう。そして法師丸は、今夜も亦彼女の眼元と口元に浮かぶ不思議な微笑を見たのであった。左の端にいる女から、きれいに血の痕《あと》をぬぐい取った一つの首が廻って来ると、此の女はそれを受け取って、先ず鋏《はさみ》で髻《もとどり》の元結《もとゆい》を剪《き》り、ついで愛撫《あいぶ》する如く髪を丹念に梳《くしけず》って、或る場合には油を塗ってやり、或る場合には月代《さかやき》を剃《そ》ってやり、或る場合には経机《きょうづくえ》から香炉を取って煙の上に髪の毛を翳《かざ》してやり、それから右の手に新しい元結を持ち、その一方の端を口に咬《くわ》え、左手で髪を束《つか》ね上げて、恰も女髪結がするように髻を結んでやるのである。彼女はその仕事を無心で勤めているらしいのだが、結い上げた首の髪かたちを点検するが如く死人の面上《めんじょう》へ眼をそゝぐときに、必ずあの謎《なぞ》のような笑いが頬に上った。

思うにそれは此の女の生れつきの愛嬌《あいきよう》なのかも知れない。人の前へ出る時にあいそ笑いを洩《も》らすのが癖になっていて、死人に対しても自然とそれが出るのかも知れない。長いあいだ死人の首を扱っているうちに、その首が持つ凄《すご》さには無感覚にさせられて、いろ〳〵な化粧を施《ほどこ》してやることから却って愛情をさえ抱くようになり、生きている人に対するのと同じ心持がすると云うことも、至極当然の経路である。しかし此処へ突然這入って来た者の眼には、一方に色の青ざめた、断末魔の苦渋の名残《なごり》をとゞめている首があり、一方にうら若い色白の女の、微笑をたゞよわせた紅い唇があるとすると、その微笑がどんなにかすかなものであっても、甚だ強い刺戟《しげき》を受ける。それは残忍の苦味を帯びた妖艶《ようえん》な美である。だから既に十三歳にも達した法師丸が、その美に酔わされたことは一往訝《いちおうあや》しむに足りないけれども、彼はその上にも、普通の男子には有り得ない極端な感情を経験した。「道阿弥話」には当時の彼の心理状態が精細に語られているが、それに依ると法師丸は、その美女の前に置かれてある首の境涯が羨《うらや》ましかった。彼は首に嫉《しっ》妬《と》を感じた。こゝで重要なのは、その嫉妬の性質、羨ましいと云う意味は、此の女に髪を結って貰ったり、月代《さかやき》を剃って貰ったり、あの残酷な微笑を含んだ眼でじっと視つめて貰ったりする、そのことだけが羨ましいのでなく、殺されて、首になって、醜い、苦しげな表情を浮かべて、そうして彼女の手に扱われたいのであった。首になることが缺《か》くべからざる条件であった。生きて彼女の傍にいると云う想像は一向楽しくなかったが、もしも自分があのような首になって、あの女の魅力の前に引き据えられたら、どんなに幸福だか知れない。——と、そんな気がしたと云うのである。

少年は、此の矛盾に充ちた奇異な空想が脳裡《のうり》に湧《わ》いて、それが自分に無限の快感を与えていることを、自ら驚き、訝しんだのであった。今迄の彼は、自分が心の主《あるじ》であり、心の働きはどうでも思い通りに支配することが出来たのだが、その心の奥底に、全く自分の意力の及ばない別な構造の深い〳〵井戸のようなものがあって、それが俄《にわ》かに蓋《ふた》を開けたのである。彼はその井戸の縁《ふち》へ手をかけ、まっくらな中を覗《のぞ》いてみて、測り知られぬ深さに怯《おび》えた。自分は達者な人間だと信じていた男が、思いがけぬ悪性の病気があることを発見したのと同じような気持だった。法師丸にはその病源の由《よ》って来たる所はよく分らない。しかしながら、自分の胸の中にある秘密の井戸から滾々《こんこん》と湧き上って来る快感が、少くとも病的の性質のものであることは、おぼろげながら気がついたに違いない。

死んでしまえば知覚を失うことぐらいは、彼にも分っていた筈である。だから、首になって此の女の前に置かれることが幸福だと云う空想は、それ自身に矛盾があり、たゞその空想だけが楽しいのである。少年は、自分が首になりつゝも知覚を失わないでいるような妄想《もうそう》を描き、それに惑溺《わくでき》したのである。彼は女の前へ順々に運ばれる首を、一つ〳〵自分の首であるかのように考えてみた。そうして彼女が櫛の峰を以て首の頂辺《てっぺん》を打ち叩くとき、自分が叩かれているように考える、——すると、彼の快感は絶頂に達して、脳が痺《しび》れ、体中が顫《ふる》えるのであった。それに、いろ〳〵な首の中でも最も醜いざまをした首、——たとえば悲しそうな、又は訴えるような表情をしたものとか、何処か滑稽な顔つきのものとか、どす黒い汚い皮膚のものとか、よぼ〳〵の老人のものとか、そう云う首を「自分である」と想像する方が、花々しい若武者の首や勇士の首を自分にあてはめるよりも、一層彼を幸福にした。つまり美しい首よりも哀れな醜悪な首の方が却って羨ましいのであった。

法師丸は生来負けず嫌いの剛毅《ごうき》な少年であったから、此の恥ずべき快感が強ければ強いほど、それだけ激しい自己嫌悪《けんお》を感じ、出来るだけ興奮を抑制しようと努めたに違いない。間もなく彼は、自分に有るだけの意志の力をふるい起して、その危険な場所から、——やがては自分をどんなに堕落させるかも知れない奇怪な部屋から、——身を退けた。そして急いで閨《ねや》へ戻って眠りについたのは、長い秋の夜のまだ明けきれぬ時分であった。「道阿弥話」には、それから以後の少年の苦悶《くもん》が刻明に書いてあるが、彼はその丶ち続けて三晩と云うもの、夜になると天井裏へ出かけて行った。行く時はいつも、そんなに恐れるのは卑怯《ひきよう》であるとか、意志の力を試すためだとか、何とか彼とか自己を欺《あざむ》いて出かけるのだが、その実あの光景の誘惑が殆ど不可抗力を以て彼を手繰《たぐ》り寄せるのであった。三日の間、自己忘却と悔悟とが代る〴〵彼を襲った。梯子段を下りる時は「もう二度と来てはならぬ」と、堅い覚悟を我れと我が胸に云い聴《き》かせながら、夜更《よふ》けになると、再び熱に浮かされたように寝床を這《は》い出して、秘密の楽園の戸口を慕って行くのであった。

すると、三日目の晩のことだった。法師丸が屋根裏へ上って行くと、例の女の前に、一つの異様な首があった。と云うのは、歳頃二十二三かと思われる若武者の首なのだが、おかしなことに、それは鼻が欠けているのである。尤も顔は決して醜い器量ではない。色が抜けるように白く、月代《さかやき》のあとが青々として、髪

の毛のつや〳〵しく黒いことは、今その首を扱っている娘の、肩から背中へ垂れている房々としたそれにも劣らない。思うに此の武士は餘程の美男だったゞろう。眼つきでも口つきでも、いかにも尋常で、全体の輪廓がよく整い、男らしく引き締った中に優美な線が隠されていて、もしその顔のまん中に鼻筋の通った、高い、立派な鼻が附いていたら、恰《あたか》も人形師が拵《こしら》えた典型的な若武者の首のようだったろう。然るにその鼻が、どう云う訳か鋭利な刃物ですっと斬り取ってしまったように、眉間《みけん》から口の上まで骨と一緒にきれいに無くなっているのである。元来ぴしゃんこな鼻だったら缺けていてもそう可《お》笑《か》しくはないが、中高《なかだか》な、秀《ひ》いでた容貌、——当然中央に彫刻的な隆起物が聳《そび》えているべき顔が、その肝腎《かんじん》なものを篦《へら》で掬《すく》ったように根こそぎ殺《そ》がれて、そこが平べったい赤い傷口になっているのだから、並みの醜男《ぶおとこ》の顔よりも尚醜悪で、滑稽であった。娘はその鼻のない首の、水のしたゝるような漆黒《しっこく》の髪へ丁寧に櫛の歯を入れて、髻を結い直してやってから、ちょうど鼻のあるべきあたり——顔のまん中を、いつものようにほゝえみを浮かべて視つめていた。少年が例に依ってその表情に魅了されたのは云う迄もないが、取り分けその時の感激の程度は今迄にない強いものだった。まあ云ってみれば、その夜の女の顔は滅茶苦茶に破壊された男の首を前にして、生きている者の誇りと喜びとに輝やき、不完全に対する完全の美を具象化していた。それればかりでなく、彼女のほゝえみがいかに無心な、娘らしい笑いであるとしても、――そうであればある程却って、――それが此の場合甚だ皮肉な邪悪に充ちたものに見え、少年の頭に果てしもない空想の糸車を与えた。彼はその笑いをいつ迄眺めても飽きない気がしたのみならず、酌《く》めども盡きない妄想がそこから幾らでも湧いて来て、いつの間にか彼の魂を甘美な夢の国へ誘って行った。彼はその夢の国で彼女と唯二人きりの世界に住み、自分自身があの鼻の缺けた首になっているのだったが、此の空想は非常に彼の嗜好《しこう》に叶《かな》った。そして今迄のどんな場合よりも遥かに彼を幸福にした。

彼の歓喜が有頂天に達したときに、女の頬から次第に笑いが消えて行ったので、少年は暫く茫然《ぼうぜん》として、まだ夢のあとを追いながら、魂を失った人間のように立っていた。が、女がその首を左側の係りの方へ廻そうとするのを見ると、急に少年は、しーんとした屋根裏の沈黙を破って話しかけた。

「どうしたの、それは？　その、お前が持っている首、――」

法師丸はいつになく自分の声がふるえているのに心づいた。そして言葉に力を入れて云い直した。

「え？　その首は鼻がないじゃないか？」

「は、――はい」

娘は油で光っている手を首板の上に衝《つ》いて、貴人に応対する場合の慇懃《いんぎん》な姿勢を取った。そうしながら彼女はチラと少年の顔を仰ぎ視たけれども、すぐに又項《うなじ》を垂れて、一層しとやかに、うや〳〵しいお時儀をした。

「鼻を斬られるなんて、餘程間の抜けた奴《やつ》だと見えるね」

そう云った時、少年の咽喉《のど》から、かすれた、老人の咳《せき》のような、子供らしくない笑いごえが出て、それが異様に屋根うらへ響いた。

「ねえ、どうしてそんな所を斬られたんだろう？」

「でも、あの、これは女首なのでございます」

「女の首？」

「いゝえ、そうではございません、………」

仮りにも男に口を利《き》くのが極まりの悪い年頃のせいか、それとも又、さっきからの素振《そぶり》と云い、今出し抜けに話しかけた様子と云い、何か知ら此の少年に普通でない所があるのを感じたのか、娘は矢張下を向いたまゝ、おず〳〵して、よんどころなく問いに答えると云う風であった。

「あの、女首と申しましたら、女の首ではないのでございます。わたくし、よくは存じませぬけれども、合戦が忙しゅうございますと、敵を討ち取りましても、その首を提《さ》げて歩くことなど出来ないものでございますから、そう云う折に、鼻を斬り取って置きまして、それを證拠に、あとでその首を捜し出すのだそうでございます」

法師丸が尚も追求すると、娘はいよ〳〵低く頭を下げて、尋ねられた事項を成るたけ少い言葉数で説明した。たとえば、なぜそれを「女首」と云うかと云えば、鼻だけ持って来たのでは男か女かの区別もつかない所から起った名称であること。ぜんたい鼻の欠けた首はあまり好ましいものではないが、戦場に於いて三つも四つも敵の首級を挙げるような勇士は、とてもそんな沢山な首を一度に持つ訳に行かないから、後のしるしに鼻を斬り取って置き、戦が済んでからその死骸を捜し出して首を処分するものであること。それも已《や》むを得ない場合にだけ許されていることだから、原則として女首の廻って来ることは稀で、今度の戦で彼女の手がけたのは此れ一つであること。――少年は、それでもよう〳〵此れだけの事柄を彼女の口から引き出したのであった。

げに人の心ほど怪しきはなし。それがしその折かの女にも廻り合はず、又女首を見ることもなくて過ぎなば、いかんぞ後年斯かる浅ましき所行《しよぎやう》に身を委《ゆだ》ねんや。つら〳〵思ふに、わが生涯の耻辱の起りは、かの女の俤《おもかげ》その夜より深く胸に宿りて、朝に夕に忘れかねたるがためなりと被仰《おほせられ》候、又仰せられ候は、されどその時はいかにもして今一度女首を持ち来り、再びかの女の笑ふ顔を見ばやと存じ、斯く思ひ立ちては気

もそゞろに、心は矢竹の如くになりて、或る夜ひそかに敵陣の方へ紛《まぎ》れ出で候との事に候

と、「道阿弥話」には記してある。

法師丸敵陣に於いて人の鼻を劓《き》る事、並びに武勇を現わす事

さて法師丸は、今一度鼻のない首を持って来て、それをあの娘の前に置いて見たいと願うのであったが、彼の望みを成就するには実にさまぐ〳〵な難関があった。第一に、他人が女首を持って来るのを期待する訳に行かないから、自分が取って来なければならない。ところが法師丸は、自ら戦場へ出ることを禁制されているのである。それは何とかして忍び出る道があるとしても、第二の難関は、自分で目ぼしい敵を組み伏せて、その男の首と鼻とを斬らねばならない。そうして自分が斬ったことを秘密にして、誰か外の者の名義で、それを首尾よくあの女の手へ廻すようにするのである。但し戦陣の功名は、その場でそれを目撃していた證人を必要とするのであるが、此の場合の法師丸は、手柄《てがら》を立てるのが目的でなく、たゞあの女が鼻の缺けた首を眺めてほゝえむ光景を見れば済むのである。だから一番やさしい方法は、戦場にころがっている屍骸の中から、恰好《かっこう》な奴

を見つけて、その首を斬り、贋《にせ》の證人を拵《こしら》えるか、雑兵《ぞうひょう》どもを買収すればよい訳だけれども、それは法師丸の武士の良心が許さなかった。弓馬《きゅうば》の家に生れながら、そんな卑怯なことは出来ない。飽くまで自分の力を以て敵を斃《たお》すのだ。そうして其奴の首を刎《は》ね、鼻を斬るのだ。法師丸は誰の智慧《ちえ》をも借りることが出来ないので、人知れず肝胆を砕いた。彼には又、早く秘策を廻《めぐ》らさないと、いつあの女たちが交代するかも知れないと云う懸念があった。彼がこう云う不思議な希望と計畫とを胸に育て丶いる一方、寄手《よせて》と味方とは本丸と二の丸の境目《さかいめ》のところで毎日血みどろな攻防戦を続けつ丶あった。勝ち誇った薬師寺の兵が、もはや城の陥落も一と息と見て、石垣を乗り越え、木戸を打ち破り、とき〴〵本丸の中へ真っ黒な塊《かたまり》になって雪崩《なだ》れ込むのを、味方は必死に

喰い止めて、どっと二の丸の方へ押し返し、突き崩し、虐殺と、怒号と、砲声と、叫《きよう》喚《かん》と、物のメリメリ破壊され、蹈みにじられる音と、人間の集団の彼方へ動き此方へ動く地響きとが、一日じゅう大雷雨のようにがーんと耳の端で鳴っていた。実際、さしも堅固を以て聞えた牡鹿城も、もう此れ以上持ちこたえることが覚束ない形勢であった。青木主膳は鑓《やり》で突かれた股《もゝ》に繃帯《ほうたい》をしていたが、二度目に腕へ負傷してからも痛手《いたで》に屈せず働いていた。そして極くたまに法師丸の顔を見ることがあると、

「ようございますか、若様。いよ〳〵と云う時は、つね〴〵申し上げておりますことをお忘れになりませぬように」

と、悲壮な面色でそう云い捨てゝは、すぐ又何処かへ飛んで行った。それはいつでも潔《いさぎよ》い最期を遂げるように、切腹の覚悟をしていろと云う意味らしかった。女たちももう一人として落ち着いている者はなかった。あの老女までが手負いの介抱や死人の運搬に忙しいらしく、夜も姿を見せないことがあった。

しかし法師丸は、城と自分の運命とが旦夕《たんせき》に迫っていることなど、一向念頭にないのだった。それよりも、彼に都合のよいことは、城内が乱脈になったゝめに全く彼の行動が解放された一事である。今となっては城中の者の眼をかすめて忍び出ることは困難でない。たゞいかにして敵の陣地へ紛れ込むかゞ問題である。で、或る晩、――――と云うの

は、あの異常な経験をしてから二日目の晩、法師丸はこっそり城の裏山の渓《たに》へ降りて、そこから城廓の外へ通ずる間道を伝わって行った。彼の考では、敵の大部分は今城内の二の丸と三の丸に充満しているから、外廓《そとぐるわ》の濠《ほり》の向うにある本陣の方は定めし備えも怠っているであろうし、兵も大勢はいないであろう、すると、此の道を行っていきなり敵の本陣のうしろへ出れば、必ず好い機会があるに違いない、と云うのであった。彼は何か知ら、初陣《ういじん》の武士が感ずる胸の高鳴りと武者ぶるいを覚えた。彼の眼の前には、あの美女の笑顔と、鼻の缺けた幾つもの首とがちらついていた。

少年がその山路へかゝったのは、今の時刻で云えば夜中の二時頃のことだった。夜な〳〵彼が屋根裏へ通う折に青白い光を浴びせた月が、その晩も牡鹿山の頂の上にあって、少年の影をくっきりと地に印《しる》していた。法師丸は、女が城を落ちて来たように思わせるために、被衣《かつぎ》を頭へかざしていたが、そのうすもの〻影が真っ白な地上に海月《くらげ》の如くふわ〳〵するのを視つめながら歩いた。

敵の陣屋と云うのは、二た月に亙る城攻めのことでもあり、二萬騎にあまる大軍が屯《たむろ》していた場所であるから、それ相当の設備がしてあったに違いない。牡鹿山の城は、うしろに重畳《ちょうじょう》たる山岳地帯を控え、城のある部分だけが平原に向って半島の如く突出していたので、敵はその半島の裾《すそ》をU字型に包囲して、蜿蜒《えんえん》たる陣形を作っていた。そして陣屋の一番外側には篠垣《しのがき》を繞《めぐ》らし、五間十間ぐらいの距離に本篝《ほんかゞ》りを焚《た》き、その垣の内側に、望楼、見せ櫓《やぐら》等をところ〴〵に設け、板囲いの仮小屋、――今で云えば急造のバラックのような営舎を幾棟も建てゝ、そこに大将以下の士卒が寝泊りをしていた。法師丸は間道を通ってU字型の上部の切れ目から一旦包囲の外へ逃《のが》れ、敵の陣営の裏側を迂廻《うかい》して、恰《あたか》もU字の最下部のところ、城の大手《おゝて》と向い合った本陣のうしろへ出たのであったが、やがて篠垣の一部を破って構えの内へ忍び込むことに成功した。もちろん普通の場合ならばそう易々《やすく》と潜入出来る筈はないが、彼が豫想した如く、寄せ手の大半は城の三の丸や二の丸の内部へ詰め切っていて、陣屋の方は人数も手薄に、見張りの兵なぞも警備を弛《ゆる》めていたのである。

少年は城の生活には馴れていたけれども、陣屋の小屋割りを見るのは今宵《こよい》が始めてゞあるから、その垣の内へ忍び入ったゞけでも少からぬ好奇心の満足を覚えた。彼は既に陣中にある以上、女装をすることは却って不審を招く基《もと》だと感じたので、被《かぶ》っていた被衣《かつぎ》を、小さく畳んで懐《ふところ》に入れた。そして鮮《あざ》やかな月の光が写し出す真っ黒な建物の影から影へと、飛鳥の如く身を躍《おど》らせて伝わりながら、立ち並ぶ陣小屋の軒に身を寄せて一軒々々窺《うかゞ》って行った。少年に取って仕合わせなことには、ところ〴〵の篝り火の明りが月光のために効果を殺されて、へんに白っぽい煙のようになっているのである。それに、

まんべんなく照り渡っている月は下界をすべて銀色に反射させ、透《す》き徹《とお》った秋の夜の空気の中にある物が、どんな微細なものまでも皆キラキラと眩《まば》ゆい燐光《りんこう》を発しているので、その極端な明るさが見張りの者の展望を妨げているのである。少年は、或る所では火を囲んでうずくまっている番兵の傍を通り抜けたり、或る所では望楼の真下の方へ、地上に帯の如く倒れているその影を利用して近寄って行ったりしたけれども、誰も見咎《みとが》める者はなかった。籠城方がもう本丸まで追い詰められた際であるから、恐らく物見《ものみ》の兵共も油断して寝ていたのであろう。よしや二三の者が認めたとしても、近習《きんじゅう》の小姓か何かゞ月に浮かれてうろついているのだとでも思ったのであろう。各〻の陣小屋の周囲には、それ〴〵麾《き》下《か》の将卒の紋を染め抜いた陣幕が廻《めぐら》し

てあり、小屋の入り口には制札が立てゝあり、旗、指物《さしもの》、長柄、などが幕の蔭に置いてあった。法師丸はそれらを一つ〳〵調べて行くうちに、偶然にも丸に分銅《ふんどう》の紋の附いた立派な幕が眼についたので、覚えずその前に足を止めた。なぜなら、それこそ薬師寺弾正の定紋であって、その幕の中が寄手の大将の本陣に違いないからである。少年は、幕をかゝげてつと陣小屋の羽目板《はめいた》に寄り添うと、暫く内部の人のけはいに耳を澄ましたが、何の物音も聞えて来ない。建物のうしろへ廻《まわ》ってみると、裏手が厩《うまや》になっていて、大将の乗馬らしい五六頭の馬が繋《つな》いであり、今はそれらの馬さえも安らかに眠っているのである。法師丸は全く思いも寄らなかった功名の機会が、不意に我が手に委《ゆだ》ねられているのを感じた。彼の目的は女首を得ることにあって、必ずしも大将の首を要しない訳だ。けれどもこう云う天与の時を逃《の》がしては武士の冥加《みようが》に盡きる。馬印《うまじるし》や旗指物《はたさしもの》がこゝに置いてあるところをみれば、ひょっとすると弾正政高は城攻めの手に交っていないで、此の陣小屋の奥の一と間に寝ているのかも知れない。運よく行けば総大将の首を討ち取って、無類の手柄を立てることが出来る。――此の考は少年の冒険的企図に拍車を加えた。彼は大人《おとな》のような落ち着きと胆力とを以て、しずかに裏側の真平戸《まひらど》を繰《く》り開けた。そして次の瞬間には廊下の板敷を伝わって、奥の間と覚しい方へ手さぐりで進んで行った。

あたりは真っ暗であったけれども、板の合わせ目や節穴から射《さ》して来る月の光を便《たよ》りにして行くと、廊下の突あたりに、戸の隙間《すきま》からぼんやり灯影の洩れている一と間があった。少年は再びその戸を一尺ばかり開けてみた。中は二た間に区切られていて、法師丸が覗《のぞ》いている方は次の間であるらしく、ちょうど彼と同じくらいの年輩の小姓が二人眠っている。奥の間と次の間との仕切りには衝立《ついたて》が立てゝあって、燈明はその衝立の向う側にともっているのである。法師丸は、小姓の寝息を乱さないように爪先《つまさき》を立てゝ次の間を通り抜け、衝立のかげにつくばいながら奥の間に眠っている武士の寝顔を眺めた。その部屋の廣さは畳数で十畳ほどもあろう。粗末な板張りの座敷ではあるけれども、枕上《まくらがみ》のところに仮りの床《とこ》の間《ま》が設けてあって、八幡大菩薩《はちまんだいぼさつ》の軸《じく》が懸《か》ゝっている。床脇《とこわき》に据えた持佛《じぶつ》の厨子《ずし》には不動明王が安置してある。その外室内の装飾の様子、太刀や物《もの》具《ぐ》や刀掛けのきらびやかさ、金銀の蒔絵《まきえ》をした調度類の贅沢《ぜいたく》さから推《お》して、こゝが普通の侍の詰所でないことは疑う餘地がない。ましてその男は、大将髷《まげ》に束ねた頭をつや〳〵と光る黒漆《くろうるし》の枕に載せて、緞子《どんす》とか綸子《りんず》とか云うものらしい絹の夜着を着ているのである。法師丸は弾正政高の年齢や風采《ふうさい》について何の豫備智識も持っていないのだが、見たところその男の年は五十前後のように思われる。額《ひたい》のひろい、上品な瓜実顔《うりざねがお》の、のっぺりした皮膚が優雅な目鼻立ちを包んでいて、寝顔で判断すると、武士と云うよりは公卿のような印象を受ける。此の年頃の武士ならば、大概日に焼けた頑丈な肌をして、何処かに戦場往来の俤を留めているものだのに、その寝顔の皮膚は、浅黒いながらも鏡板を拭き込んだようで、透かして見ると鳥の子紙のように肌理《きめ》が細《こま》かい。こう云う皮膚は、雨に曝《さら》され風に打たれつゝ、馬背《ばはい》に日を暮らす武人のものでなく、深窓に育って詩歌《しいか》管絃《かんげん》の楽しみより外に知らない貴人のものである。

そう云えば薬師寺弾正と云う男は、管領畠山氏の家人《けにん》ではあるが、その父の代から主人畠山氏を凌《しの》ぐ勢いがあり、時には陪臣《ばいしん》の身を以て室町《むろまち》将軍の意志をさえ左右する権力者であった。彼がそう云う特別な地位に登ったのは、主として彼の父親の実力のお蔭で、彼自身は別段過去に花々しい武勲がある訳でもなく、専ら父が築いてくれた有利な地盤を踏台《ふみだい》にして、弁舌と、機智と、世才とを以て巧みに上長に取り入りつゝ下剋上《げこくじょう》の時勢に乗じたのであるから、大名とは云うものゝ、まあ半分は堂上方《どうじょうがた》の風が身に沁《し》みた長袖の亜流《ありゅう》に過ぎない。いったい当時の京都の武士は将軍家を始めとして皆幾らかずつ公卿の感化を受け、惰弱な搢紳《しんしん》の生活ぶりを真似《まね》ていたので、弾正なぞも和歌が上手な割りに戦の方はそう得意でもなかったらしい。だから今度の城攻めにも総大将として出馬した迄はよいが、味方の優勢を恃《たの》み切って、自分は安楽に陣屋で眠っていたのであろう。法師丸が見たものは、つまりそう云う男の寝顔であった。

少年は、その、恐らくは弾正その人であろうと推定される人物の容貌に一種の物足りなさを感じた。成るほど此の男は一廉《ひとかど》の大名らしい品格と貫禄《かんろく》とを備えているけれども、何だか優男《やさおとこ》じみていて、一萬の大軍に号令する武門の棟梁《とうりょう》の威風がない。彼の想像する敵の総大将は、父武蔵守輝国や牡鹿山の一閑斎などに共通して認められる、鍛えた鉄のような筋骨と、盛んな征服慾に燃えた勇猛な顔だちとを持っていなければならなかった。それがこんな弱々しい人柄では、すぐにも討ち取れそうに思えて、少し張り合いのない気がする。しかし法師丸は決してそのために落胆や失望はしなかった。自分の武勇を示すこと、手柄を現わすことを主にすると、そう云う不満も起る訳だけれども、同時に彼の眼は別な観察点からその寝顔を眺めつゝあった。と云うのは、その顔のまん中には、いかにも形のよい、きゃしゃな、薄手な、貴族的な鼻が附いているのである。法師丸の位置からや、仰向《あおむ》けた鼻の孔《あな》が覗けるのだが、肉のうすいことは縦に細長く切れている二つの孔の境界線を見ても分る。そして、貴族の鼻の特長として、鼻柱がほんの心持弓なりに曲り、鼻梁骨の在りかが皮膚の下から微《かす》かに見えている。蓋《けだ》し此の鼻を此の顔から殺《そ》ぎ取ったとすると、その破壊作用が引き起す怪奇味の程度は、あの屋根裏にあった女首におさ〱劣らないものがあろう。なぜかなら、あれは好男子の若武者の首であったが、此れとても、苟《いやし》くも敵の総大将の胴に篏《は》まっているものである点、斯くの如く優美で、繊細で、気品に充ちている点などは、年齢が多少老《ふ》けていると云う短所を補って餘《あま》りがある。いや、恐らくは此の方があれより一層誘惑的な鼻であって、ひとたびあの屋根裏の光景を享楽した少年に取っては、確かに垂涎《すいぜん》に値いするのである。見ていると、短檠《たんけい》の明りが隙間洩る風にあおられてゆら〳〵とはためくたびに、その高い鼻柱が寝顔の半面に黒い影を落して、同じようにゆら〳〵と動く。燈火《ともしび》の工合で、とき〴〵影が大きくひろがり、鼻のあるところ全体が暗くなる。ふと、鼻が見えたり見えなくなったりする。その光線の戯れは、少年に向ってしきりに何かをそゝのかすようであった。鼻が、斬られないうちから斬られた様子をして見せて、彼を促しているのである。何だか一刻も早く斬って貰いたそうである。法師丸は再びあの美女の謎《なぞ》の微笑を想い浮かべた。此の顔を鼻の缺けた首にして、彼女の膝の前に置き、彼女の凝視に曝《さら》した時の快感をおもうと、何物にも換え難い気がした。

年の割り合いに体重があり膂力《りょりょく》がある法師丸は、剣にかけても自信があった。彼は矢庭に寝ている男の枕《まくら》を蹴って、相手が守り刀へ手をかけるより早く、起き上ろうとして半身を浮かしかけたその胸の上へ跳《と》び着きながら馬乗りになり、唯一と突きに咽喉《のど》を刺した。彼の用いた脇差《わきざし》は、父の輝国から貰った兼光《かねみつ》の業物《わざもの》であったが、武器よりも手練の方が見事だった。一と突きで正確に急所に達し、すぐその刀を引き抜いてから、殆ど返り血を浴びないくらいに素早く立ち上っていた。綺麗《きれい》な、敏捷《びんしょう》な、自分でも豫期しなかった程の働きであった。相手は声を上げる暇もなかったので、法師丸が見たものは、狼狽《ろうばい》した瞳と、何事かを叫ぼうとして開きかけた口と、――そして一瞬の後に、それらが苦痛に歪《ゆが》められたまゝ凍りついている死顔とであった。しかし此の時法師丸はうしろに迫りつゝある白刃のけはいを察した。次の間に寝ていた二少年が抜き連れて斬り込んで来たのである。が、今の早業《はやわざ》で自信を倍加した彼は、身をかわしながら床の間に駈《か》け上ると、八幡大菩薩の軸を背中にして構えた。此の位置が彼を有利に導いたと云うのは、床の間の前の空地《くうち》の半分が死骸だの厨子《ずし》だの枕元の調度類などに占められていたの

で、向って来る敵を自然と一方へ片寄せてしまったのである。小姓共の方は、咄嗟《とつさ》に主人の殺されたのを見、而も殺した人間が自分たちと餘り違わない小童《こわっぱ》であることを知って、明かに度を失っていた。彼等には、床の間に躍り上って、腕に覚えのある者でなければ容易に示すことの出来ない落ち着きを以てしずかに敵を待ちかまえつゝある法師丸の姿が、忽然《こつぜん》と地から湧いて出た魔物のようにも見えたであろう。彼等は最初の勢いにも似ず、じり〳〵と警戒しながら、そして主人の亡《な》き骸《がら》を蹈まないように大廻りしながら、床の間の方へ進んだ。

切先を揃《そろ》えて迫って来た二人の少年は、床の間の前までは一緒だったが、そこを上ろうとする時に臆病《おくびよう》な方が後《あと》になった。法師丸は、先に蹈み出した小姓の挙動を見守っていて、その片足が床框《とこがまち》へかゝった刹那《せつな》に、不意に五六尺の距離を進んで一刀を浴《あ》びせた。畳一畳ほどを隔てた隅に立ちすくんでいたものが猛然と斬って出たゝめに、小姓ははっとして蹈みかけた足を退《ひ》こうとしたので、ほんの床框だけの高さが法師丸に利をもたらした。彼は今の一撃が相手の肩へ深く喰い入ったのを見ると、相手を抱きすくむ如くにして第二の突きを横腹に加えた。そして相手が血ぶるいしつゝ、大きな艦《ふね》が沈む時のように倒れきらないでいる間に、もう一人の小姓に襲いかゝった。可哀そうな此の小姓は、既に気を呑《の》まれていて闘《たゝか》う意志はないのだが、主人に殉《じゅん》ずる一念だけで蹈み止まっていたのであろう、彼は法師丸の鋭く打ちおろす剣の光に、眼をつぶるようにして二三合斬り結んだが、それはあきらめたような、申し訳のような、めそ〳〵泣いているような抵抗だった。法師丸は相手の剣を打ち落し、蹴倒して胸を刺した。二人の小姓が斃《たお》れると、彼は最初の死骸の傍にうずくまって、左の手で髻《もとどり》を摑《つか》み、右手で首を掻き切ろうとしたが、此の時廊下を駈けて来るらしい数人の足音を聞いた。思うに少年がこれだけの働きをした時間は、その行動が可なり機敏だったとしても十五分乃至《ないし》二十分はかゝったであろう。しかし奥の間の近くには誰も詰めていなかったと見えて、そのとき漸く離れた部屋にいた武士共が物音に驚いて駈け付けたのである。法師丸は、今は一刻も猶豫《ゆうよ》のならない場合だった。けれども屍骸《しがい》の胴体から器用に首を切り離すことは、生きた人間を刺殺するほど簡単な訳に行かなかったので、背後に迫る人声を聞くと却って慌《あわ》てた。頸部に突き立てた刃の切先が骨に引っかゝっているあいだに、早くも次の間へどや〳〵と踏み込んで来た者があった。逃げるなら今でなければならない。彼の計畫はこゝまで奇蹟的に成功したけれども、最後に至って目的を放棄するか、さもなければ斬り死にするより外はなかった。少年は無念の歯がみをしつゝ断念して脇差を引き抜いたが、その途端にどう云うつもりだったのか、さっと屍骸の鼻を殺《そ》いだ。そしてその肉片がポロリと床へ落ちたのを反射的に拾い上げながら、一方の遣戸《やりど》を押し開いて逃げた。

凡そ英雄豪傑の伝記を読むと、何となく天がその人の運命に特別な冥護《めいご》を垂れ、彼はそのお蔭で、しば〳〵常人の企て及ばざる危地を踏みながら無事に虎口《ここう》を脱出するかの如くに見える。たとえば法師丸の此の場合などもその一例で、彼が行きがけの駄賃《だちん》に屍骸の鼻を斬ったのは、口惜し紛《まぎ》れの腹癒《はらい》せであったか、せめて目的の一端を果たす気であったか、或は、大胆な少年もさすがにその時は狼狽《ろうばい》した結果であったか、そこのところはよく分らないけれども、兎に角彼がその鼻を持って逃げなかったら、或は捕えられていたかも知れない。と云う訳は、これは全くの臆測《おくそく》であるけれども、多分寝所へ駈け付けて来た武士共は、主人の顔に大切な物がなくなっていることを発見すると、一手は曲《くせ》者《もの》を追いかけたに違いないが、まさか其奴が持って逃げたとは思わないから、瑕我《けが》で斬られたものと早合点して、一手は暫く部屋の中をうろ〳〵しながら、主人の顔の断片を捜し廻ったであろうと考えられるのである。で、最初に少年を追って出た者は二三人に過ぎなかった。おまけに彼等は、前を走って行く少年の姿を自分たちと一緒に起きて来た小姓の一人と思い誤《あや》まったらしかった。法師丸は間一髪のところを逃《のが》れてまだ外囲いの篠垣を越えないうちに、方々の櫓や望楼から貝や太鼓を一時に鳴らし出すのを聞いた。それと同時に彼方此方《あっちこっち》の小屋から夢を破られた者共が起きて来て、忽ち陣中の騒ぎになったが、その混雑が彼には一層都合がよかった。彼は追い〳〵数が殖《ふ》えて来る松明《たいまつ》のあいだを巧《たく》みに潜《くゞ》り抜けながら、やがて自分でも篝《かゞ》り火の燃えさしを取って振りかざした。自分の手に照明があると、自分の姿が却って人に見えにくゝなる。——少年は賢くもその理を悟って、火を眼つぶしに使ったのであった。そして首尾よく構えの外へ脱出すると、すぐその場で松明を捨て、五六丁走った後に被衣《かつぎ》を被《かぶ》って、見渡すかぎり渺茫《びょうぼう》とした月明《げつめい》の中へ溶け込んで行った。

敵味方狐疑《こぎ》の事、並びに薬師寺《やくしじ》の兵城の囲みを解く事

歴史の記すところに依ると、薬師寺弾正政高は天文十八年十月牡鹿山の城攻めの際に陣中に於いて病を得、囲みを解いて京都に帰ったが、それから十日ばかり後に油小路《あぶらこうじ》の館《やかた》に於いて病歿したとなっている。しかし此のことが事実でないのは「道阿弥話」や「見し夜の夢」に徴すれば疑いの餘地がない。たゞその当時事件の真相を知っていた者は、寄手《よせて》の極く少数の人々と、城の方では法師丸一人だけであった。何でもその夜、法師丸が逃げてから間もなく、本陣の一部に火災が起って、その火が城の方からも望めたけれども、陣小屋が一と棟焼けたくらいで直きに鎮火してしまったと

云う。思うにこれは寄手の方に誰か思慮深い者があって、夜半の騒動を火事にかこつけるために、わざと火を失したのであろう。何を云うにも、総大将が油断の結果殺されたことは不覚でもあるし、而も曲者を取り逃がしてしまったのだから、幹部級の武士共は当惑したに違いない。いや、それよりも何よりも、彼等はさしあたり鼻が何処かに落ちてはいないかと血眼になって捜したことだった。全く鼻がないのは首がないより始末に困る。桶狭間《おけはざま》の今川義元《いまがわよしもと》も敵を侮《あなど》って命を落したが、首はあとから返して貰ったし、もちろん鼻だってちゃんと首に附いていたことだ。然るに首を取られないで鼻だけ取られたと云うのでは、恥辱の上塗《うわぬ》りで、味方の陣中へも触れることが出来ない。そこで取り敢えず現場を見た者には堅く口止めをして、貝や太鼓で騒ぎ立てたのは火事のためだったと云う事にしたらしい。

しかしそんな風にして味方の兵士共を胡麻化したとしても、敵の方から事実が知れて来はしないか。「弾正殿の大切な物が計らずも我等の手に入りましたが、これは定めし御入用と存じますからお返し申します」とでも云って、鼻を恭《うや〳〵》しく三宝に載せて、軍使が出張って来るのではないか。――薬師寺方の老臣たちは、それを案じて内心びく〳〵ものであった。そして夜が明けると、それとなく攻撃の手を緩《ゆる》めて城方《しろがた》の様子を窺《うかゞ》ってみたが、いつ迄立っても城からは何の沙汰《さた》もなく、寄せ手が静まれば籠城方も変に静まり返っている。そうなると老臣達は又気味が悪いので、何か計略があるのではないかと疑ったりした。説を成す者は、大将の寝所を襲ったのは城方《しろがた》の間者の類ではなく、盗賊か、或は殿様に個人的の怨《うら》みを抱《いだ》く人間かも知れない、武士の所為ならば鼻を斬るような無意味ないたずらをする筈がないから、――と云うので、これも道理に聞えたけれども、矢張城方の武士が首を斬る暇がなかったために鼻を持って行ったので、いずれそれを嘲弄《ちようろう》の材料にする気に違いない、――と、そう考える者も少くなかった。寄手《よせて》が城方の腹をさぐりつゝある間、城方は又、勝ち誇っていた包囲軍が急に攻撃をゆるめた理由が分らないので、同じように気味悪がった。彼等は京都の方に政変が起ることを唯一の頼みにして闘っていたのだが、別にそう云う情報も来ないし、それに此処まで追い詰めて来た寄手が、城の陥落を目前に見ながら容易な事で手を引く訳もないのだった。然るに今朝《けさ》から寄手の陣が妙に用心深くなって、はか〴〵しく攻め太鼓も鳴らさず、此方から鉄炮を打ち込んでも相手にならず、徒らに備えを堅めて沈黙しているのは何故《なにゆえ》であろう。そう云えば昨夜敵の陣屋に火事があったらしいから、ひょっとすると何か異変が起ったのかも知れないが、忍びの者を出して見ても一向要領を得られない。兎に角唯事《たゞごと》でないと云うので、城内では一閑斎を始め重立《おもだ》った武将たちが寄り〳〵評定を凝らしたけれども、誰も好い加減な当て推量をするばかりだから、群議まち〳〵で埒《らち》が明かない。いっそ此方から死にもの狂いで打って出たらばと云う説もあったが、敵にどう云う魂胆があるか知れないのにそれも危険だ、まあそのうちに様子が分るであろうから、敵が動く迄は此方も動くなと云うようなことで、とう〳〵その日も暮れてしまった。そう云う訳で、敵も味方も疑心暗鬼に囚われている最中に、法師丸はひとり昨夜の失敗を思い出しながら懊悩《おうのう》していた。彼はあの時自分が手にかけて殺した男が果して敵の総大将であったかどうか、まだ本当には分っていなかったのであったが、今朝から急に寄手の勢いが鈍り出したので、さてはやっぱりそうだったのかと、始めて得心が行ったようなもの、、喜び勇んでその功名を人に語る気にはなれないのであった。子供の時分に、ほんの無邪気な出来心から、ちょっとしたいたずらをしたのが元で思いがけない事件を引き起し、大人たちに大騒ぎをさせるようなことがよくある。そんな場合に、事件の火元は自分であることを教えてやればどんなに皆が助かるか知れないものを、叱られるのが恐《こわ》かったり、今更云い出しにくかったりして、誰も気が付かないのをい、事に、何処迄も知らん顔で済ましてしまう。法師丸もまあそれに似た心持だった。敵の様子が変ったのは自分が昨夜此れ〳〵のことをしたからだと名告《なの》って出れば、味方は俄《にわ》かに生色《せいしょく》を取り返し、無駄な心配から救われる訳でもあり、第一法師丸自身がいかに面目を施《ほどこ》すことか、少年の身を以てそんな働きをしたことが知れたら、父輝国や一閑斎はどんなに褒《ほ》めてくれるであろうか、それを思うと、云い出したくてむず〳〵するようにもなるのだが、彼の手柄は実に偶然の儲《もう》け物で、裏面に潜んでいる恥ずかしい動機が露顕することを考えたら、とても恐ろしくなるのであった。それに證拠も證人もなしでは、名のり出たとしても誰が信じてくれるだろうか、昨夜本丸へ逃げ帰った際に、すぐにでも届け出れば信じて貰えたであろうけれども、彼は寝床へもぐり込む前に血の附いた衣類などを悉《ことご》く大篝《おゝかゞ》り火の中へ投げ込んで、むしろ證拠を堙滅《いんめつ》するのに骨を折った。今ある唯一の證拠としては、そっと紙に包んで懐《ふところ》に入れている鼻があるが、それを持ち出したら彼の大事な秘密がバレルのは云う迄もない。

そんなことよりも法師丸は、昨夜あれ迄順調に運びながら、最後の瀬戸際で折角の計畫が齟齬《そご》したのが残念でならなかった。恐らく敵の陣中では昨夜に懲りて警戒を厳重にするであろうから、もう二度とあんな工合に都合よく忍び込むことは出来ないであろう。彼はとき〴〵人のいないのを見定めては懐《ふところ》から例の肉片を取り出して私《ひそ》かに空想に耽《ふけ》っていた。彼の脳裡《のうり》には、鼻を斬った刹那の屍骸の顔がはっきり印象されていて、それが、その肉片を取り出すたびに一層あざやかに想い出されるのであったが、それにつけても、あゝ、あの首がありさえしたらと思うと、いっそもう一度盗みに行きたくなるのだった。何しろ総大将の屍骸であるから、あれは今もあの陣営の奥の間に、鄭重《ていちょう》に安置されていることだろう。法師丸はその部屋の有様を想像し、そこに恭《うや〳〵》しく臥《ね》かしてある死体の、品のよい、肌理《きめ》の細かい、のっぺりした顔を想像し、さてその顔の空洞《うつろ》になった中央部を想像すると、恰《あたか》もそれが世に珍しい宝物か何ぞのように所有慾をそゝられるのであった。しかし法師丸に取っていよ〳〵都合が悪くなったのは、両軍が休戦状態に這入った結果、もう屋根裏の女たちも仕事を止めているのである。もはや彼があの首を盗んで来たところで、それをあの女の前に据えて見る望みは永久に失われてしまった。だがその代り用のなくなった女どもが再び彼の部屋に寄り集まって、あの老女を中心に輪を作りながら朝夕《あさゆう》雑談をつゞけていたので、彼はおり〳〵彼女等の席へ近づいて行って、その圓陣の中にいる例の娘を偸《ぬす》み見ることが出来たのであった。

が、年上の女に人知れず思いを寄せる少年の片恋ほど、果敢《はか》なく頼りないものはない。測らずも彼の胸に不思議な煩悩《ぼんのう》の火を焚《た》きつけ、四十三年に亙る彼の奇怪な性生活の端緒となった此の娘に対しても、法師丸はたゞ遠くから夢のような憧《あこが》れを捧げていたばかりで、殆ど此れと云う直接の交渉を持たなかったのである。彼はわずかに、大勢の談話の中に交って彼女の語る声を聞き、またその頰にあのほゝえみの浮かぶのを餘所《よそ》ながら眺めては、それをせめてもの慰めにして日を送った。しかし此の場合にも、少年はそのほゝえみに依ってひそかに屋根裏の光景を幻影に描き、今は全く愛嬌のよい笑いに過ぎ

ないその表情に残酷味を感じて、それをこっそり享楽しつゝあったのでもあろう。彼は女たちが「もう籠城もおしまいらしい」とか「どうやら此の城も助かるらしい」とか云うのを聞くと、却って悲しくなるのであった。反対に彼は、此の籠城が一日も長くつゞくことを、そして少しでも餘計娘の傍にいられることを願った。

斯くて敵味方は互に不安に駆られながら四日の間対峙《たいじ》していたが、五日目になって寄手は遂に城の囲みを解き、陣を拂って引き揚げたのであった。薬師寺方《がた》の老臣共は、最後まで主人の鼻を発見することが出来ず、結局誰の仕業《しわざ》とも見当が付かないので、ますく〱怖《おじ》気《け》がついたものか、「弾正政高公俄《にわ》かの御病気」と云うことにして、屍骸を輿《こし》に舁《か》かせて行った。もはやその時分には、何か総大将の身に変事があったらしいことが、ぽつ〳〵両軍に知れ渡っていたので、事に依るともう死んだのであろうと想像する者は多かったが、その原因が病気であると云う噂《うわさ》を疑がった者は一人もなかった。が、もし輿を舁《か》いて行く兵士どもが、その輿の中にある「病人」の顔を一と目でも見たらばさぞびっくりしたことであろう、鼻の落ちる病気の黴菌《ばいきん》は、たしかその前後に煙草《たばこ》と一緒に日本へ渡来した筈だけれども、まだその頃は一般に知られていなかったに違いないから。

武州公の法師丸時代の逸話は此れで終るが、此の時の事について今少し「道阿弥話」を引用させて貰おう。

二の丸三の丸の敵の兵ども引き退き候時、河越《かはごえ》甚兵衛しつぱらひを致し候。味方すかさず本丸より打つて出で、ひた〳〵と喰着き候へども、人の不幸に乗ずるは武士にあるまじきことなり、弾正病気とあらば是非《ぜひ》に及ばずとて、一閑斎味方を制し止められ候。城中必死の覚悟を極め候こと、て、皆々よろこぶこと限りなく、此処彼処の櫓《やぐら》にて俄かに酒宴の莚《むしろ》を開き祝ひ酒に酔《ゑ》ひ候。かの人質の女どもは、その折いづこへ参り候やらん。いづれも最早や埒明《らちあ》き候へば暇乞ひして在所へ罷越《まかりこし》候にや。某《それがし》かの娘の姿を今一眼見んとて所々を捜し候へども遂に見ること叶《かな》はず、そのまゝになり候。人に尋ね候へば、井田駿河守《いだするがのかみ》の女《むすめ》てると申す者と申し候。さるにても籠城の折だに

あらば又逢ふこともあらん、あはれ今一度寄手の来る時あれかしと願ひ候ことなりと被仰候《おほせられ》

――「籠城の折だにあらば又逢ふこともあらん云々」と云う少年の心は、八百屋お七にも似て甚だ笑止《しょうし》ではないか。

武州公秘話巻之三

法師丸元服の事、並びに桔梗《ききょう》の方《かた》の事

法師丸の元服は天文《てんもん》二十一年壬子《じんし》正月十一日、彼が十六歳の春であった。当時法師丸はなお牡鹿山の城にあって一閑斎《いっかんさい》の小姓を勤めていたのである。「見し夜の夢」には此の元服の儀式の次第が女らしい細心な注意を以て記されているけれども、それはあまりくだ〳〵しいから委《くわ》しく述べる迄もあるまい。式は一閑斎の館《やかた》の一と間に於いて挙《あ》げられ、加冠《かかん》の役は父武蔵守輝国《むさしのかみてるくに》が領地から出向いて来て執《と》り行った。そのとき、法師丸の身の丈《たけ》は五尺二寸、始めて長小結《ながこゆい》の烏帽子《えぼし》を着けて父の後から歩いて行く姿を見ると、ちょうど父子《おやこ》のせいの高さが同じくらいであったと云う。

読者は、法師丸の十六歳の時の身長が五尺二寸であったと云う事実を、特に念頭にとゞ

どめて置かれたい。と云うのは、いったい此の時代の男子の平均の身長が何程であったかを詳《つまび》らかにしないが、思うに戦国のむかしに於いても、五尺二寸と云う高さは十六歳の少年のものとしてさまで驚くには足りなかったであろう。「見し夜の夢」の作者妙覚《みょうかく》尼《に》は武州公の容貌《ようぼう》、風采《ふうさい》、体格等についてしば〳〵語っているのであるが、それに依ると、「瑞雲院《ずゐうんゐん》さまはおん顔のいろくろがねの如く、筋骨のたくましきことは萬人にすぐれておはしましけれども、おん身のたけ高からず、宍付《しゝづき》横にふとくおはしましき」とあり、又或るところでは、「御眼《おんまなこ》のひかりするどく、頬のほねたかく、唇の肉あつくして、おん身のたけにくらぶるときはおん顔大きくおはしまし」とも云っている。されば幼少の頃は兎も角も、元服をした前後からはあまり身の丈が伸びなかったことが推定さ

れる。蓋《けだ》し、父輝国のせいの高さが少年の彼と同じであったのを考えると、背の低いのは親譲《おやゆず》りだったのであろう。が、妙覚尼も云う通り図抜《ずぬ》けて大きい彼の魁偉《かいい》な容貌が、その身長との不釣り合いのために一層人を威壓したことは、想像に難くない。

かくして法師丸は父の字名《あざな》の一字を貰《もら》って河内介輝勝《かわちのすけてるかつ》と名のり、同じ年の夏には一閑斎に従って箕作《みづくり》城《じょう》の城攻めに加わり、早くも初陣《ういじん》の功を立てた。その合戦に彼は敵の侍大将《さむらいだいしょう》堀田《ほった》三左衛門の首を討ち取ったばかりでなく、先頭に立って塀《へい》を乗り越え城中に跳《おど》り入ったので、「河内介を討たすな〳〵」と一閑斎が士卒《しそつ》を励まして遂に城を陥れた。折柄父の輝国は多聞山《たもんやま》の居城にいたが、青木主膳から我が子のけなげな武者振りを聞いてうれし涙にかきくれたとある。一閑斎も「今日《こんにち》の働き神妙に候」と云ってその武勇を褒《ほ》めそやしたが、「あれはゆくすゑ恐ろしき者なり、わが亡き後は筑摩《つくま》家の家運いかゞあるべし」と、ひそかに近侍の者にためいきを洩《も》らしたと云うから、槍先《やりさき》の功名のみならず、智謀胆略の尋常でないことが、此の時すでに一閑斎の眼にとまって警戒されるようになったのであろう。「道阿弥話」の中で輝勝自身が語っているところに依ると、一閑斎の長子織部正則重《おりべのしょうのりしげ》も亦此の城攻めに参加していた。当時則重は十八歳、即ち輝勝より二歳年嵩《としかさ》であったが、輝勝に比べると器量骨柄が甚しく見劣りしたので、父の一閑斎がそれに気が付かぬ筈はなく、内心深く憂えている様子が明かであったから、輝勝は常に自ら警《いまし》めて一閑斎父子の疑惑を招かないように努めたと云う。

しかし戦場に於ける勇士としての輝勝を叙することは此の物語の目的でない。以上に述べたようなことは、「筑摩軍記《つくまぐんき》」の「箕作《みづくり》城落去《じようらくきよ》のこと」の条その他くさ〴〵の軍記類にも皆記されている事実である。たゞ問題となるのは、かの法師丸の時代に女首の刺《し》戟《げき》が与えた不思議な快感、奇怪な幻想、「秘密な楽園を趁《お》ふ心」は、そのゝち輝勝の脳《のう》裡《り》に於いて如何なる形態を取っていたであろうか？　初陣の時の花々しい働きを見れば、此の十六歳の若武者の胸中には最早やそんな汚らわしい記憶はあとかたもなく消え去って、燃ゆるが如き覇気《はき》と野心とが充《み》ち満ちていたように思われる。実際、幼い時に彼が味わったようなあの不思議な快感は、恐らく誰《たれ》もが少年の折に一度や二度は経験することのあるものなので、彼のみが知っている秘密ではないのであるが、それがその人の心に喰《く》い入って一生の性生活を支配する程の病的傾向となるのは、たま〴〵その人がそれに誂《あつら》え向きな四囲の状況の中に置かれて、繰り返し〴〵その感情を呼び覚まされる結果である。故に、もし輝勝が法師丸の昔に於いて女首を見ることがなかったならば、或は彼は、「秘密な楽園」の存在を知ることなしに済んだであろう。又、あの時にたった一度知ったとしても、その以後再び幼時の古い傷口を突っ衝《つ》かれることがなかったならば、あゝ迄彼の性慾が畸《き》形《けい》的になりはしなかったであろう。況んや戦国の世は、大名の子息と雖も今日の貴族の子弟の如く安閑と日を送っていたのではないから、なか〳〵そう云う邪念妄想《もうそう》を育てゝいる暇はなかった筈である。だから河内介輝勝も、一時は全くあの浅ましい享楽から遠ざかって、ひたすら戦場に驍名《ぎようめい》を馳せるより外には何の望みもなかったことゝ解釈していゝ。しかしながら彼のために不幸なことには、一旦癒《い》えていた彼の忌《いま》わしい性癖に油を注ぐ一人の女性が茲《こゝ》に登場して来るのである。

筑摩織部正則重の正室桔梗《ききよう》の方《かた》と云うのは、牡鹿山《おじかやま》の城攻めの後に「病死」をした薬師寺弾正政高の女《むすめ》で、則重の許へ輿《こし》入《い》れをしたのは城攻めの翌々年にあたる天文二十年、彼女が十六歳の時だったと云うから、則重より一つ歳下、輝勝より一つ歳上であった。

「見し夜の夢」には、

もとよりやんごとなき都の上臈《じやうらふ》にてましましければ、和歌管絃《かんげん》のみちにくらからず、丹花のくちびるふようのまゆたまをあざむくばかりにて、もろこしの楊貴妃《ようきひ》、本朝にては衣通姫《そとほりひめ》といふともよもこれほどにはあらじとおぼえて……

など、記しているけれども、そう云う月並な形容詞を連ねたのでは果してどれほどの美女であったのか明らかでない。が、此の正室の顔だちや風姿がすぐれてめでたかったことは事実であろう。なぜかと云うのに、彼女の母は美貌の噂《うわさ》の高かった菊亭中納言《きくていちゆうなごん》の息女であり、彼女自身も亦おさ〳〵母に劣らないと云う評判があったので、生れつき色好みの則重はかねてから彼女との縁組みを望んでいたのである。

但し、此の縁談が纏《まと》まったのは将軍家の口添えの結果であった。元来薬師寺の家と筑摩の家とは数年以来矛盾に及んで双方の間に合戦《かっせん》が止む時なく、殊に天文《てんもん》十八年には弾正政高が大軍を率いて牡鹿山の城を囲み、既に一閑斎に詰め腹を切らせようと云う所まで取り籠《こ》めたのであったが、略〻《ほゞ》勢力の伯仲する両家が鎬《しのぎ》を削っていたのでは世の中がいつも騒がしく、ひいては天下動乱の基《もとい》にもなるので、弾正政高の病死したのを好機会に、室町殿の扱いがあって双方とも永年の意趣を水に流し、和睦《わぼく》のしるしとして婚儀が成立したのである。当時薬師寺の方は桔梗の方の兄淡路守政秀《あわじのかみまさひで》が家督を継いでいた。彼は父政高の病死が実は真の病死でなく、陣中に於いて何者かに斬り殺され、而も屍骸に忍ぶべからざる辱《はずかし》めを受けたことを知っていたので、心中筑摩家に対し釈然たらざるものがあったのだが、兎に角、表面は他意なき体《てい》に取りつくろい、将軍家の申し出《い》でを有難くお受けした。一方筑摩家に於いては、輝勝一人を除く外政高の死の真相を知っていた者はないのであるから、淡路守の胸中を疑う筈はなく、家中一統心《いっとうこゝろ》から今度の和睦と祝言とを喜んだに違いない。取り分け最も喜んだのが花婿の則重であったことは前にも述べた通りである。

「筑摩軍記」その他の記載に依ると、此の結婚のゝち一年と数箇月を経て、天文二十二年三月に一閑斎が病死している。そして今から考えると、此の病死にも多少疑わしい点があるような気がするけれども、「道阿弥話」も「見し夜の夢」も此の死に関しては何も秘密があったらしく伝えていない。五十三歳で痢病《りびょう》で死んだとあるのだから別に不思議はないようなものゝ、「筑摩軍記」にはその病気の原因だの経過だのが変に事細《こま》かに書いてあるのが、普通の場合のこう云う記事と異なって、何となくわざとらしいように思われる。しかし此処ではあまり詮議立てをしないことにして直ちに次の出来事に移ろう。

天文二十三年甲寅《こういん》八月、筑摩織部正則重は、領内の城主横輪豊前守《よこわぶぜんのかみ》が叛逆《はんぎやく》の報を聞いて、自ら七千騎の兵に将として月形《つきがた》の城を攻略に向った。此のとき河内介輝勝も則重の近習《きんじゅう》として従っていたが、八月十日の合戦の最中に、則重が城の大手《おいて》から十五六丁離れた森の小蔭《こかげ》に馬を立てゝ軍勢を指揮していると、突然何処からか鉄炮《てっぽう》の弾丸《たま》が飛んで来て、則重の鼻のあたまと擦《す》れ〳〵の空間を横に掠《かす》めた。則重は「あっ」と云って思わず鼻をおさえたが、続いて第二弾が飛来して、此れはあぶなく則重の鼻を、一挙にして顔面から抹殺《まっさつ》してしまうところであった。少くとも彼の鼻の頭には、線香花火でやけどした程の火ぶくれが出来て、甘皮《あまかわ》の破れた皮膚の下からほんの僅《わず》かばかり血が滲《にじ》んだ。馬前にいた河内介は咄嗟《とっさ》に大将の身を庇《かば》い、則重を森の中へ避難させて、屹《きっ》と戦場を見渡したが、狙撃《そげき》された則重の驚きもさることながら、此の瞬間に、河内介の胸の中にも或るぼんやりした不安の雲が湧《わ》いたのであった。事実、則重の驚いたのは自分の命が狙《ねら》われたと思ったからであるけれども、河内介には、それがどうもそうでないらしく感じられた。狙撃者は明かに大将の鼻を目指《めざ》して打ったのである。二発もつゞいて同じ方角から飛んで来て、一弾は一弾より正確であったのに徴《ちょう》しても、決して偶然の外《そ》れ弾《だ》丸《ま》でないことはたしかである。而も大将の生命を狙ったものならばあの角度から打つ筈はないのに、弾道は馬上にあった則重の顔と並行して、つまり鼻の隆起面と直角を成《な》していた。河内介がそう感づいたのには、これだけの理由があったばかりでなく、実を云うと、此の合戦の以前、一閑斎の身にもちょうどこれと同じような気味の悪い事件が起ったことがあって、今度で彼は二度も見せられているのである。此の前の事件と云うのは、一閑斎が病気になる二た月ばかりまえ、天文二十一年の十二月千種川《ちぐさがわ》の合戦の際で、その時も弾丸は一閑斎の顔の前面を、横に一線を描いて走った。尤もその折は一発しか飛んで来なかったので、河内介以外には気にかけた者もなかったくらいなのであるが、こうして再び似たような出来事に遭遇した今、河内介の胸に湧き上った不安の雲の塊《かたまり》は、次第に大きくひろがって行った。誰か、前には一閑斎の、そして今ではその嫡子織部正則重の、鼻を狙っている者があるらしい。――河内介は、敵味方が火花を散らして闘《たゝか》いつゝある怒号と砂塵《さじん》の中にあって、ゆくりなくも久しく忘れていた少年時代の悪戯の記憶を呼び戻した。鼻を斬られた薬師寺弾正の死顔、——女首、——首を見詰めている美女の謎の微笑、——定めしそれらの幻影が電光の如く彼の眼の前を過ぎたであろう。同時に彼は此の場合の自己の任務を想《おも》い起した。ともすれば魂を天外へ連れて行こうとする幻影の魅惑を、彼は手を振って追い拂うようにしながら、第一に何者の仕業《しわざ》であるかを見極めようとした。此の日、城中の兵は必死の覚悟で斬って出《い》で、寄手《よせて》の陣を無二無三に衝《つ》き崩《くず》そうとかゝっていたので、戦場は最も激しい乱闘の巷《ちまた》と化し、此処でも彼処《かしこ》でも戦線が喰い違い、則重の本陣近くでも競《せ》り合いが続けられていたのであったが、いち早く弾丸の放たれた方へ視線を向けた河内介は、二丁程の距離を隔てゝ、じっと此方《こちら》を窺《うかゞ》いながら立っている一人の武士の姿を認めた。それは黒漆《くろうるし》の胴に金蒔《きんまき》絵《え》のある立派な具足《ぐそく》を着けた武士で、河内介が直覚的に「彼奴《あいつ》だ」と感じたとき、第三弾を放とうとして身構えていたその男は、慌《あわ》てゝ銃を捨てゝ逃げた。

河内介は、直ぐ追いすがるには餘り間が遠過ぎたので、相手に悟られないように、見えかくれに跡を附けた。そしてその武士が大手《おゝて》の濠《ほり》の際《きわ》へ来たときに、一間とは離れぬ迄に近づいて、

「待て」

と、背後から不意に浴びせた。

「おう」

と云いさま、呼ばれた武士は静かに振り向いて、二三尺あとへ退《しさ》って立った。見ると、四方白の星兜《ほしかぶと》を着けた、人品の卑しくない侍で、胴に光っている金の蒔絵は「龍」の一字が大きく書いてあるのであった。

「名のれ。——己《おれ》は桐生武蔵守輝国の嫡子、河内介輝勝」

「いや」

と、武士は河内介の言葉を遮《さえぎ》るようにして云った。

「名のる迄もない」

「卑怯《ひきょう》な奴《やつ》、なぜ飛道具を使ったのだ」

「そんな覚えはない」

「黙れ！　たしかに見ていた、鉄炮を捨てゝ逃げたのは貴様だ」

「いや、それは人違い」

「よし！　何処迄もしらを切れ」

云うより先に河内介の槍《やり》の穂先が「龍」の字の方へ飛んで行った。

河内介の目算は此の怪しい武士に深手《ふかで》を与え、進退の自由を奪った上で生け捕《いど》りにすることにあった。敵は最初、少年と見て侮《あなど》ってかゝったらしかったが、鎗の穂先が数十匹の蝗《いなご》の飛ぶように敏捷《びんしょう》に、寸刻の隙間《すきま》もなく迫って来るので、三四合すると早くも斬り立てられて、下算《げさん》の揺ぎ絲の上からぐさと太股《ふともゝ》を突き刺された。河内介が更に右の二の腕へ一と突き加えて馬乗りになった時、

「無念！」

と云う声が下から聞えた。

「名のれ」

「いや、名のらぬ、首を斬れ」

「首は斬らぬ、生け捕りにしてやる」

武士は「生け捕り」と云う言葉を聞くと痛手に屈せず死物狂いに身を藻掻《もが》いた。河内介は、誰か続く味方はないかとその辺《あたり》を見廻したけれども、眼に入るものは夥《おびたゞ》しい土煙

と、その煙の向うに怒濤《どとう》の如く寄せては崩れる集団の影ばかりであった。組み敷かれた武士はその間に傷いた手で河内介の上帯をしっかと捉《とら》え、左手《ゆんで》に小刀《しょうとう》を抜き放って所嫌わず突きにかゝった。もはや此の場合、一人と一人では生捕りにする餘裕はない。河内介は拠《よ》んどころなく刃《やいば》の先を相手の咽喉《のど》にあてながら、

「望みの通りにして遣《つか》わすぞ、名を名のれ」

と、最後にもう一度促したけれども、

「くどい！」

と云ったきり、相手は唇を固く結んで眼を閉じたまゝであった。

さるにても何者に頼まれて織部正を狙ひ候ぞと、問はまくは存じたれども、此の者の態《てい》とても白状いたすべしとも覚えず、すなはち首を刎《は》ねて仔細《しさい》にあらため候へば、歳の頃二十を二つ三つ越え候か、面立《おもだ》ち尋常にていかさま様子有りげなればいよ〳〵いぶかしく存じ、具足下《ぐそくした》を探り候ところ錦《にしき》の袋を肩より懸けて肌身につけたる態也。袋の中をあらため候へば、小さき観音の像を厨子《づし》に収めて持ち候、又その厨子を包みたる紙を見ればやさしき女文字の文なり。………

で、「道阿弥話」に拠ると、その女文字は左の如く認《したゝ》めてあったと云う。

ちゝのむねんを晴らしさふらふにはおりべどのゝはなを討つべし、かならず〳〵いの

ちにはおよぶべからず候、このことかなへてくれ候へばむにの忠義たるべきぞ、あなかしこ

天文きのえとら七月

図書《づしょ》どの

――河内介は戦場の砂埃の中でその紙片をひろげたまゝ暫く茫然《ぼうぜん》と立ちつくした。して見れば、こゝに斃《たお》れている武士は此の文の宛名にある「図書」と云う者に違いない。が、此の文の差出人、「図書」と云う武士に「おりべどのゝはなを討つ」ことを頼んだらしい女文字の主は誰であろうか。たゞ「図書どの」とあるばかりで宛名の下に何の署名もないけれども、「このことかなへてくれ候へばむにの忠義たるべきぞ」と云う言葉から推しても、宛名を小さく下の方に書いている体裁から見ても、此れは身分のある上臈《じょうろう》が我が名を秘して目下の者へ申し送ったものゝようである。もし此の文が河内介以外の者の手に渡ったとしたら、何故に此の上臈が織部正の命を取らないで鼻だけ取ることを望んでいるのか、そうしてそれが又何故に「父の無念を晴らす」ことになるのか等の謎を解くのに苦しんだであろうし、正気の沙汰《さた》とは受け取りにくかったであろうが、河内介が此の怪しい水茎のあとをじっと視つめていると、次第に彼の頭の中で此の間からの疑問の雲が晴れて行くのであった。

「桔梗のおん方、………」

そう思ったとき、河内介は鎧《よろい》に蒸された肌の上がぞうッと総毛立《そうけだ》つのを感じた。彼は先代一閑斎の時代から筑摩家に人となったのだけれども、素《もと》より奥向きへは出入りを許されていなかったので、まだ桔梗の方の顔を見たこともなく、美人の噂は疾《と》くより耳にしているもの丶、その性質の善悪賢愚等については何も聞き込んだことはなかった。従って此の女文字にも一向見おぼえはないのであるが、此の文《ふみ》の中で此の女が「ち丶」と呼んでいるその人は、多分彼があのときに鼻を斬り取った薬師寺弾正のことであろう。それで始めて此の密書の示す意味が分る。餘人には分らないでも河内介には想像がつく。思うに桔梗の方は、父弾正の死顔に肝腎《かんじん》なものが欠けていたのを知っている極く少

数の遺族の中の一人であろう。そしてそのことを此の上もなく無念に感じ、父の復讐《ふくしゅう》として、筑摩家の大将の顔を生きながら父の死顔と同じようにさせてやりたいのであろう。彼女は最初からその意図を以て筑摩家へ嫁《とつ》いだか、嫁いだ後にその気になったか、孰《いず》れにしても、その意図は彼女一人の心から出たもので、兄淡路守の旨を含んでいるのではあるまい。淡路守が父の横死のことをそんなに口惜しがっているなら、筑摩家と和睦する筈もなく、いかに将軍家の執《と》り成しがあってもその妹を織部正に娶《めあ》わせる訳がない。それに復讐の方法が、あまり陰険で男子の腹中から出たものとは考えられない。淡路守ならそんな卑怯な真似《まね》をせずにもっと堂々たる手段に訴えるであろう。図書の屍骸から出た密書の筆蹟が女であること、そしてその意趣返しの思いつきがいかにも女らしいことから察すると、此れは桔梗の方がこっそり胸のおくに抱《いだ》いている秘策を「図書」と称する腹心の武士に授けたのである。彼女は親兄弟にも知らせずに、父の仇《あだ》を最も皮肉な遣《や》り方で報いようとする覚悟だと見える。

此の推定は河内介の感情を全く思いも寄らない方へ誘って行った。ありていに云うと、彼が筑摩家に仕えているのは一時の便宜からであって、累代《るいだい》の主従関係ではないのだが、一閑斎の時からの養育の恩を思えば自然則重に対しても敬愛の情を抱き、彼のために忠勤を励む心は、此の時まで他の家来たちと異なる所がないのであった。されば此の時の河内介は、図《はか》らずも一大事の密書を手に入れて則重の身にかゝる禍《わざわい》を未然に防ぎ得たのを喜び、直《たゞ》ちに此のことを則重に告げるべきであり、それが又その場合の義務であったに拘《かゝ》わらず、彼の心はそう云う風に動かないで、実に不思議な邪路に這入った。と云うのは、こゝで彼の胸臆《きようおく》に長いあいだ眠っていた女首へのあこがれが、急に明瞭《めいりよう》な形を取って眼ざめたのである。彼は牡鹿山の城内深きあたりに住む都そだちの上﨟の顔に、あの屋根裏の女の頰の薄笑いが這《は》い上るさまを想像した。まだ見たこともないやんごとない夫人が、ほんのりと庭のあかりを射返す金襖《きんぶすま》の一と間に垂《た》れ籠《こ》めて、御簾《みす》のかげから外のけはいを音もなくうかゞいながら、しずかに脇息《きようそく》に靠《もた》れているであろうその冷やかな美しい目鼻立ちを空《くう》に描いた。彼に取っては、桔梗の方の透《す》きとおるばかりな青白い頰が鼻を缺かれた夫則重の様子を偲《しの》びつゝ洩らすであろうなまめかしいほゝえみは、屋根うらの女のそれよりも遥かに魅力の強いものだった。なぜなら、あの時の少女は井田駿河守と云う者の娘に過ぎないのに、これは菊亭中納言《きくていちゆうなごん》の血を引いた、生れながらに貴い姫君である。そうして駿河守の娘の場合は、たま〱無意識に浮かべた微笑が対照的に残忍な色を帯びたに止まるけれども、此の上﨟の品のよい頰にのぼるものは、深くもたくまれた、此のうえもない冷嘲《れいちよう》をふくむ笑いである。おもてに貞淑をよそおいながら心ひそかに復讐の快味を喫する人の、意地のわるい笑いである。河内介は、一方にそう云う恐ろしい執念を持つ夫人を考え、一方に、彼女の苦肉の詐術《さじゅつ》に懸《か》って生きながら不具にされる夫則重を考え、それらの「美」と「醜」とを表わす二つの顔を並べて空想してみると、それが彼に与える物狂おしいよろこびは屋根裏の時の比ではないのであった。彼は此の前、自分が首になりつゝも知覚を失わずにいるものと仮定して、娘の膝《ひざ》の前に置かれ、その手に弄《もてあそ》ばれることを無上の幸福であるかのように夢みたのであったが、今や自分に最も馴染《なじ》みのある一人の男子が、現実に生きたまゝの「女首」となって彼の妻からつめたい凝視を浴びせられる。――その光景をやがて眼《ま》のあたりに見ることが必ずしも不可能ではないのであった。

読者諸君も御承知の通り、元来我が国の史伝、――特に武門の政治の確立した鎌倉以後のそれは、英雄豪傑の言行を記すことの甚だ懇切である割り合いに、彼等を生み、裏面にあって彼等を操《あやつ》ったであろうところの婦人の個性と云うものを、全く認めていないように見える。されば桔梗の方のことも、世に伝うる「筑摩家家譜」や当時の軍記物語に散見する記事を拾い集めて、彼女の血統、婚姻及び逝去の年月、則重との間に一男一女を挙げた事実等を確かめることが出来るけれども、彼女が輝勝と心を協《あわ》せて則重を滅ぼしたことについては、纔《わず》かに「筑摩軍記」の中に暗示的な一二行の文句があるのみで、そこにどう云ういきさつが伏在していたか、事実彼女はいかなる性質の婦人であったか、正史に拠《よ》ってその消息を探ることは至難である。蓋《けだ》し武州公の如き被虐性《ひぎやくせい》の性慾を持つ人は、やゝともすると相手の女性を己《おの》れの注文に応ずるような型に当て篏《は》めて空想するから、実際に於いてその婦人は彼が語るような残忍な女子でないことが多い。現に桔梗の方が夫を不具にした事蹟なども、武州公自身が懺悔《ざんげ》している「道阿弥話」の記事と、妙覚尼の筆に成る「見し夜の夢」の観察とは著しく相違した点があり、或る所では別人の如き感じを受ける。前者に依れば生れつき虐を好む傾向が備わっていたように見え、後者に依れば父の恥辱をそゝぐ一念から恐ろしい望みを起したもの、、矢張平素は上臈にふさわしい優《やさ》しい心根を持っていたように見えて、此の方が真相に近いのであろうが、たゞ妙覚尼は直接此の夫人を知っていた訳ではないから、幾分遠慮して書いているようにも思える。兎にも角にも河内介は、妻が夫を自らの手で不具にしておいてそれを眺《なが》めるのを楽しみながら侍《かしず》くと云う事柄の持つ残忍性に、先ずその奇異な性慾を呼び醒《さ》まされたのであろう。そうして彼は此の時から熱心な夫人の崇拝者となり、此の女の隠れた味方となって、則重に対する忠誠を弊履《へいり》の如く捨てゝしまったのである。

そのゝちひそかに詮議いたし候へば、かの図書と云ひしは薬師寺が臣的場《まとば》左衛門と申す者の一子にて候。母は桔梗の方の乳人《めのと》にて候間乳兄弟《ちきようだい》になり候。此の者世に聞えたる鉄炮の上手《じやうず》なりければかねてより桔梗の方の命をふくみ、月形城謀叛《むほん》の時わざと主家を浪人いたし上方《かみがた》より馳《は》せ下りて横輪豊前《よこわぶぜん》が手に属したりと覚え候。然者《しかれば》先年一閑斎を狙ひ候は此の者の所為なること必定《ひつぢやう》に候。かの砌《みぎり》此の者の首は戦場に打棄て、観音の厨子《づし》と文ばかりを人知れず懐《ふところ》に入れて帰陣致し候間、桔梗の方逆心のことは誰一人も悟らず候。某《それがし》よしなき勇をふるひてあはれ此の者を討ち果たし、かのおん方の志を妨げ候こと一期《いちご》の不覚にて候ひしかども、今より後は無二の味方を申し、内々手引きして望みを叶《かな》へまゐらせん折もあるべしと、此の時より心変りいたし候

つまり「織部正を生きながら鼻缺けにする」と云う一事に、河内介の病的な慾望と、桔梗の方の復讐心とが、期せずして満足を求めることになったのである。だからその目的の達成に最も肝要な人物であった図書を殺してしまったことは、両人のために不便を来たした訳なのだが、織部正のためには甚だ気の毒にも、間もなく滑稽な事件が起って来るのである。

筑摩《つくま》則重《のりしげ》兎唇《みつくち》になる事、並びに上臈《じようろう》の厠《かわや》の事

天文二十四年乙卯《いつぼう》の春、月形城の合戦から半歳ほど過ぎた弥生《やよい》半ばのことであった。織部正則重は居城牡鹿山の奥御殿の庭で花見の宴を催し、折柄満開の桜の木かげに幔幕《まんまく》を

繞《めぐ》らし毛氈《もうせん》を敷いて、夫人や腰元どもと酒を酌《く》みながら和歌管絃の興に耽《ふけ》っていた。宴は朝から始まって、ゆうがた、空におぼろ月のかゝる頃までつゞいたが、莚の上にところ〲燈火が運び込まれた時分、いたく酔った則重は座頭に鼓《つゞみ》を打たせて自ら謡《うた》いながら曲舞《くせま》いを舞った。それが終りに近づいて、

花の錦の下紐《したひも》は
とけてなか〲よしなや
柳の絲の乱れごゝろ
いつ忘りよぞ
寝乱れ髪の面影

と、舞い収めようとした時であった。不意に何処からか矢が飛んで来て、則重の顔を横さまにかすり、危く彼の大事な鼻を桜の花と一緒に散らすかと見えたが、鼻より少し下の方へ来、上唇の突端を傷《きず》つけて過ぎた。

「曲者《くせもの》！」

則重は六七間向うの桜の枝から黒い影が飛び降りて逃げ出したのを、確かに見たような気がしたので、血のしたゝる口を押さえて直ぐ大声に叫んだけれども、――いや、叫ぼうとしたけれども、――どう云う訳か発音が乱れて思うように言葉が使えないので、

ひどく慌《あわ》てた。で、もう一遍、

「それ！　彼方《あっち》へ逃げた！」

と怒鳴ってみたが、矢張おかしな、赤ん坊が物を云うような、ろれつの廻らない無意味な音《おん》が出た。それは上唇の肉と上顎部《じょうがくぶ》の歯齦《はぐき》が裂けて、その苦痛のために唇が十分に動かせないのと、息が傷口から筒抜けに洩れてしまう結果なのだが、その時の彼は顔のまん中から血がたら〳〵と流れるので、鼻をやられたのか口をやられたのか自分に判断がつかなかった。そして自分の云うことが自分にも聞き取れないと感じると、甚だしく狼狽《ろうばい》した。

そのあたりはめったに男子の立ち入ることを許されてない場所だったので、居合わせた女中たちが直ぐ曲者の跡を追った。そうするうちに侍共も駈けつけて、廣い庭の隅々を隈《くま》なく捜したが、曲者はいかにして身を隠したのか、とう〳〵発見されないでしまった。それは全く合点の行かない奇怪事であった。なぜかと云うのに、此の奥御殿は本丸の中央にあって、そこへ忍び込むのには、幾つもの要害を越えなければならない。成る程、そこの一廓は男子禁制の女護の島であるけれども、外廻りには要所々々に番兵が立ち、晝夜の分ちなく見張りの眼が光っているのである。仮りに、間道を知っている者がうしろの山路を伝わって本丸までは忍び寄ったとしても、奥庭へ潜入することは容易でない。

城中の武士と雖《いえど》も、二重三重の関所を通らなければそこへ行かれない。それが、忍び込んだのさえ不思議であるのに、庭中何処を捜しても居ないのである。外へ逃げられる筈はないから、必ず内部にひそんでいると云う見込みの下に夜通し捜索がつゞけられ、庭はもとより殿中の部屋と云う部屋、天井、廊下、床下まで調べて廻ったけれども、すべて徒労に終ってしまった。

そのために人々は一層不安に囚《とら》われて、番兵の数を増し、夜警の巡回を頻繁にしたが、一と月過ぎ二た月過ぎても結局曲者の正体が分らず、又その、ちは何の変事も起らなかった。

そう云う訳で、家中の武士は幸い殿のお命に別条がなかったことを喜んだもの、、その事件以来、殿様に拝謁を仰せ付かった者は誰でも心中に気の毒な思いをした。と云うのは、その傷口が乾上《ひあが》ってから始めてお目通りを許されてみると、殿様の顔が生れもつかぬ兎唇《みつくち》になっていたのである。いかさま、此の程度の負傷なら深手とは云えないかも知れない。唇の線がちょっとばかり不規則になったところで日常の生活に差し支えはないし、戦場に於いて打ち物取って働くことも普通人と同じに出来る。びっこや眼っかちに比べれば生理的障害が少い訳だから、「御機嫌の態《てい》を拝しまして恐悦至極」と一同挨拶《あいさつ》を述べたけれども、まともに主人の顔を正視した者は一人もなく、皆「はっ」と云ってお時儀してしまった。それに、彼等が甚だ当惑したのは、主人の言葉がとき〴〵聴き取れないことであった。傷が固まるに連れて次第にそれも直っては来たが、上唇のまん中が三角に裂けている上に前歯が二三本なくなってしまったので、或る種類の音は、ちょうど鼻のふが〳〵になった人のそれのように明瞭を欠《か》いた。生理的障害と云えば先ず此れだけが唯一のものであったと云ってよい。

しかしそんなことは、馴《な》れるに従って当人も周囲も一向気に留めないようになるものである。織部正自身も、最初は確かに悲観したらしかったが、いつか家来共も自分の顔を平気で見てくれるようになったし、言葉も巧《うま》く聞き取ってくれるので、バツの悪い感じは忘れられてしまい、主《しゅう》にも家来にもそれが当り前のことに思われて来た。中には、跛足《ちんば》で眇眼《すがめ》でちんちくりんの山本勘助《かんすけ》の例を引いて、体の器官に不備な所があるのは却って威容を増すものだなど、云う風に上手に吹っ込む者があると、だん〳〵当人も慰められて、「それもそうだ」と云う気持になるらしかった。が、冷静な、或は意地悪い者の眼から見たら、滑稽《こっけい》なことを誰も滑稽に感じないでいる時が、実は最も滑稽である。河内介は家来一同がすっかり馴れっこになればなる程、則重の顔や話しごえがます〳〵可笑味《おかしみ》を加えて来るように思われて、その三角の唇のあたりを眺めていると、どう気を取り直しても此の人のために忠義を盡す料簡《りようけん》にはなれないのだった。反対に、その顔の醜悪さは桔梗の方への切なる思慕をひとしお募《つの》らせた。彼はその人のみめかたちをせめて一と眼でも垣間見《かいまみ》たいと願ったが、しかし出来ることならば、単独の彼女よりも、彼女と此の兎唇《みつくち》の大名とが水入らずで対坐している閨《ねや》の光景が見たくてならなかった。此の可哀そうな御面相の殿様が奇態な声を出して甘ったるい言葉をかけるとき、その殿様の恋女房である桔梗のおん方が、腹の底からこみ上げて来るおかしさを怺《こら》え、陰険な悪意を押しかくして、にっこりと媚《こび》をふくんでみせる、——夜な〳〵繰り返されているであろう奥御殿の密室に於けるそんな有様が、則重の前へ出る度毎に否《いや》でも応《おう》でも彼の妄想《もうそう》に現れるのであった。どうかすると、上段の間に端坐している則重のうしろの方の、うすぐらい床の間のあたりに高貴な上﨟のほのじろい顔が幻のように浮き上る気がした。

河内介は、織部正の御面相を材料にそう云う妄想を享楽しながら日を送ったことであったが、それにしてもあの奥庭へ忍び込んで矢を射た者が誰であるかは、彼にも見当が付かなかった。読者はきっと河内介が臭いと推量されたであろうが、事実そうではなかったらしい。――らしいと云うのは、前後の事情から彼に疑いをかけるのが自然であるけれども、「道阿弥話」や「見し夜の夢」には後述の如く他に下手人があったことを語っているから、先ず彼等の記載を信ずる方が穏当である。彼等は武州公の秘事についてその暗黒な方面を随分無遠慮に発《あば》いているのだから、仮りに此の行為が公の仕業であったとしたら、公を庇《かば》ったり曲筆したりする筈はないと考えられる。それに此の時はまだ公と桔梗の方との間に連絡がついていなかった。――いなくても蔭でいたずらをする可能性は大いにあるが、しかし夫人との連絡なしには到底事が成就しないに極まっている。いったい公は変態的情熱に駆られると、平素と全く矛盾した人間になるけれども、元来は最も男性的な、豪壮雄偉な武将なのだ。此の時の公は恐らく内々いたずらをしてみたい衝動を感じたくらいなことで、自ら手を下してそんな卑劣な真似をする程、その病的傾向が昂進《こうしん》していたとは思われない。かた〴〵此れは公の所業ではなかったに違いない。公、――河内介は、実はあの図書《ずしょ》と云う武士を殺して夫人の計畫を頓挫《とんざ》させたのを、甚だ残り惜しく思っていたところへ、ちょうど花見の事件が突発したのである。彼は現場に居合わせなかったので、委《くわ》しい様子は分らなかったけれども、夫人が今も尚計畫を捨てないのみか、彼女のために第二の図書の役割を勤める者がいるらしいことを、すぐに直覚したのであった。勿論その男？――或は女？――が、いかにして奥庭へ忍び込み、いかにして何処へ消え失《う》せたのか分らないが、兎に角夫人のさしがねと庇護《ひご》に依《よ》っていることは明かである。そしてその矢が則重の唇を裂いたのは、鼻を狙ったのが誤まって下の方へ行ったものと察せられる。それなら夫人は、夫を兎唇にしたゞけで満足するであろうか。或は鼻を抹殺《まっさつ》してしまう迄は何回でも襲撃を行わせるであろうか。――河内介の興味は結局そこへ落ちざるを得なかった。

すると、同じ年の六月、夏の盛りの頃であったが、或る晩則重が夫人と共に風通しのよい縁先にくつろぎながら酒を飲んでいると、突然庭前の木立ちの繁みから矢が飛んで来た。それは則重の顔に対して全く此の前と同じ角度、同じ方向から放たれたものだが、物静かな宵のことで、ひゅうッと風を切る音がしたので、アワヤと云う時則重は反射的に顔を背《そむ》けつゝ身を反《そ》らした。もしそうしなかったら今度こそ彼の兎唇の上にある隆起物が真ッ平《たい》らになってしまったかも知れない。しかしそれにしても、彼が身を避けるより矢の来る方が速かったので、無傷と云う訳には行きかねた。「あっ」と云って彼が上体をうしろへ引き、右から来る矢をカワすべく頸《くび》を左へ捻《ね》じた途端に、矢は顔の右半面をさっとかすって、そこに凸出《とつしゆつ》していた肉片の幾分と軟骨とを、――つまり、彼の右の耳朶《みゝたぼ》を、――浚《さら》って行った。

直ちに腰元共が、一と組は則重を介抱し、一と組は薙刀《なぎなた》を持って庭へ駈け出したのは云う迄もない。花見以来既に三月も過ぎていて、あれきり何事も起らなかったし、下手人の捜索も絶望に帰して、多少油断が生じかけている折柄であったが、此の前の経験で周到な警戒網が即時に張られた。が、曲者は空を翔《あまがけ》ったか地にもぐり込んだか、今度も見附からずじまいであった。

則重の負傷は、生理的障害が少いと云う点で此の前と同じ、――いや、此の前よりもなお軽かった。たゞ外見上からは、兎唇の上に右の耳朶がちぎれたのは相当の打撃だけれども、一つしかない鼻がなくなるよりは此の方がまだ仕合わせであった。尤も此れでは顔の相似形《そうじけい》が不均斉になった訳だから、兎唇や鼻缺けよりも一層悪いと云う議論も成り立つが、それは人々の意見に任せるとしよう。そんなことよりも牡鹿城内に於ける人心の不安と動揺とは大変であった。あの花見の時の曲者と今度の曲者とは十中八九同一の人物と認めなければならないが、あの時以来今日まで奥御殿に潜《ひそ》んでいたとすると、これはどうしても内部の者の仕業である。男子禁制の区域にも、雑色《ぞうしき》、小者《こもの》、仲間《ちゆうげん》の類は使われているから、先ずそう云う方面から身体検査や身元調べが始められて、追い〳〵上の方の女中たちにまで及んだ。そして最も濃い嫌疑をかけられたのは、「お局《つぼね》様《さま》」や「お部屋様」と呼ばれている側室の婦人たちであった。と云うのは、大概大名の奥向きなどでは、正室の夫人よりも妾《めかけ》たちの方が寵遇《ちようぐう》されているものだのに、織部正は思い人を妻に迎えたゞけあって、夫婦仲が非常によい。彼が二人も三人もの側室を置いているのは、半分はその頃の領主の習慣と、半分は彼自身の好色の惰勢に過ぎないので、現に正室との間には二人まで子を儲《もう》けながら、彼女たちには一人も生ませていないのを見ても、どんなに側室の連中が袖《そで》にされていたかゞ分る。それでも以前にはとき〴〵気紛れに彼女たちを訪れることがあったけれども、最近彼の容貌の上に不幸な災禍が見舞ってからは、夜は殆ど夫人の側に附き切りで、彼女たちに顔を見られるのを厭《いと》う風さえあった。それやこれやで、彼女たちの中の嫉妬《しつと》深い者が目星《めぼし》をつけられて厳重な訊問《じんもん》を受けることになったが、そんな形跡もないことが知れて、此の方面の努力も水泡《すいほう》に帰した。

そうなると人々は、捜索を断念してしまった訳ではないが、ちょっとは見込みのないものと思って、たゞ今後の事件を豫防するように、前にも優《ま》して見張りや夜警を励行し、番所の数を増やし、近習の武士を月番で監督の任に当らせた。かくてそれから又二た月ばかり過ぎた仲秋の頃であったが、或る日、その番所詰めの役目が、此の間からそれを心待ちにしていた河内介へ運よく廻って来たのである。尤もそう云えば彼こそ秘密を嗅《か》ぎつけている唯一の人物であるから、彼を措《お》いて他に適任者はない訳だけれども、彼がその日を待ちに待ったのは、勿論陰謀の證拠を抑《おさ》えて則重に忠勤を抽《ぬき》んでようと云う腹からではない。番所と云っても桔梗の方の起き臥《ふ》しゝている居室からは遥かに隔たっているので、垣間見ることは愚か、間接に連絡をつける望みも覚束ないが、しかし餘所《よそ》ながらその人を慕う身になってみれば、ちょっとでも彼女に近い所へ行って、彼女の住んでいる御殿の甍《いらか》、壁の色なりとも眼に入れたかったのである。で、首尾よくその役にありついた河内介は、そのゝち毎夜奥御殿の外囲いを徘徊《はいかい》しながら見張りの配置を監督する一方に、奥の間に於ける不思議な夫婦の対照を思いやっては、例の妄想に耽《ふけ》ったのであった。そして晝間でも御殿の下の日当りのよい石崖《いしがけ》に倚《よ》りかゝって、晴れた秋の空を見上げながら独《ひと》りぼんやりと幻を趁《お》いかけたりした。戦場に出ては無双の勇士である彼も、そう云う折には定めし一箇の詩人になっていたであろう。何しろそのあたりは城の内でも一番奥まった、一番閑静な区域であって、やるせない恋情を胸に秘めている青年が、自らの空想を話相手として無聊《ぶりょう》の時を過すのには甚だ恰好《かっこう》の場所なのである。前にも述べたことがあるように、此の筑摩家の居城は牡鹿山の天嶮《てんけん》を利用した山城で、城と云っても後の安土城《あづちじよう》の如く西洋の築城術を加味したものでなく、建築は純中世式のものであり、内部の区劃も地形に制せられて、規模の大きい割りに至って不規則であったから、構えの中に森や谷があったりして、小川なども流れていた。そして奥御殿のある所は独立した一つの丘になっていて、そこから瓢箪形《ひようたんがた》にもう一つの大きい丘がつゞき、その方に表御殿が建っていた。此の二つの丘をつなぐ瓢箪形のくびれた所には、表御殿から奥へかよう長い〳〵渡り廊下があったが、その廊下の中程に杉戸が設けられていて、それが男女の関所であった。だから、下駄《げた》を穿《は》かずに男の世界から女の世界へ行ける通路は此の廊下一つだったのである。そこで番兵どもの見張りをする区域と云うのは、つまり奥御殿の建っている丘の周囲全体で、これがなか〳〵廣かったらしい。丘の頂辺《てつぺん》の平地のぐるりには一圓に土塀《どべい》が繞《めぐ》らしてあり、それに接して直ぐに切っ立ったような急な石崖があり、石崖から下の斜面は地山《じやま》のまゝに捨てゝあって、草がぼう〳〵と伸びていたり、ところ〴〵断崖絶壁があったり、物凄《ものすご》い原始林が小暗く繁っていたりして、そのあたりへ行くと、人跡稀《まれ》な深山幽谷へ迷い込んだような気がするのである。

或る日の午後、河内介は例の如く石崖の下の淋《さび》しい場所へやって来て、木の根に腰をかけながら茫然としていたが、彼の眼は自らその石崖の上に聳《そび》え立つ土塀を超《こ》えて、鬱蒼《うつそう》と蔽《おゝ》いかぶさっている奥庭の森の梢《こずえ》に、その梢の間に隠見する建物の屋根に注がれた。

そして、「あゝ、あの辺が御殿なのだなあ」と思うと、こんなに近くまで来ていながら、その人の忠実な家来となってどんな忘恩の仕事にでも手を貸そうと云う自分の心を訴える道のないことが、つく〴〵恨めしくもあり、又それ故に恋いしさは一層ひし〳〵と迫るのだった。そのとき彼の眼は遣る瀬ないあこがれを籠めて、石崖から屋根にいたる間をいつ迄も視詰《みつ》めていたことであろうが、やがて、ふと気が付いたのは、石崖の一番下の、土に接しているあたりに、或る一箇所だけ苔《こけ》の剝《は》がれている部分があった。彼は最初何気なく眺めていたのだけれども、一面に苔を着けている石崖のそこだけが、考えてみれば人が引っ掻いたようになっていて、而もその痕《あと》を胡麻化すために周《まわ》りの苔を又少しずつ挘《むし》り取った形跡がある。河内介は立ち上って、最も大きく剝げている一つの石の表面を二三度コツコツと叩《たた》いた。するとその石の向うががらんどうらしい音がするのであった。彼は他の石と叩きくらべてみていよ〳〵それを確かめ得た。次には、その怪しい石を動かして又もとのように直した者があるらしく、附近の土が擦れていたり、草が蹈《ふ》みにじられていたりした。ちょうど指をさし込むのに都合のよい隙間《すきま》があるので、試みにそれを揺す振ってみると、容易にぐらつきそうもない石がずる〳〵と手に着いて引き出せる。河内介はオヤと思った。引き出せるのも道理、可なりな厚味のあるべきものが、それ一つだけ他の石の半分より薄く截《き》ってあり、裏側に、長さ七八寸ばかりの柄の

ような把手《とって》が刻んである。これは明かに、内部からその石へ手をかけて元の通りに篏《は》め込むために作ったもので、石を除いた穴の大きさは辛《かろ》うじて首と肩とがすれ〳〵に這入れるくらいであった。河内介は、太刀を外《はず》して先ず体だけを、窟《いわや》の胎内くゞりのようにしてずり込ませ、這入りきってしまった所ですぐに幾分か餘裕が出来たので、そこから手を伸ばして太刀を引き寄せ、把手を掴《つか》んで石を元の位置に据えた。中は真っ暗になったけれども、よう〳〵匍匐《ほふく》して進める程度の坑道が大体爪先《つまさき》上りに、或る所では急勾配《きゅうこうばい》の石段になったりして自然に導いてくれるのであった。彼はそんな工合にしつゝ、途方もなく長い間地中を這《は》ったように感じた。それが何間ぐらい、或いは何丁ぐらいあったか、正確な距離の測定は出来なかったが、最後にその地

下道は、それと直角に交わる縦坑《たてあな》の縁《ふち》へ来て行きどまりになっていた。手さぐりに岩のかけらを拾って落してみると、その縦坑は非常に深い。そして河内介は、自分が今どう云う場所へ来たのか、その時大凡そ見当がついた。

こゝで、少しく尾籠《びろう》ながら、その頃の高貴な婦人が使う厠《かわや》の構造について述べることを許されたい。むかし吉原の或る有名な太夫は緡銭《びんせん》を毛蟲と間違えたふりをして上品さを衒《てら》ったと云うが、大名の家庭に生れた貴婦人たちは銭《ぜに》を知らなかったどころではない、自分の体から排泄《はいせつ》する物質をさえ、一生人に見せなかったのみならず、自分でも見ないようにした。それにはどうするかと云うと、厠の下に深い縦坑が掘ってあって、彼女が死ぬと永久にその坑を埋めてしまうのである。蓋《けだ》し糞便の処置方法として此のくらい高雅な仕掛けはない。蛾《が》の翅《はね》を無数に積み重ねてその上へ固形物を落し、落ちると同時にそれが翅の中へもぐり込んでしまうように造ったと云う倪雲林《げいうんりん》の厠なぞも、贅沢《ぜいたく》さに驚かされるけれども、掃除人夫にさえ見せないで済ます点では、到底前者の奥床しさに及ぶべくもない。かの平安朝の宮廷の美女は、色好みの平中《へいじゆう》を魅惑するために丁子《ちようじ》の実《み》で自分の排泄物を模造した逸話があるではないか。かりそめにも上﨟と云われる者にはそのくらいな嗜《たしな》みがあったのである。それに比べると現代の水洗式装置などは、清潔で衛生の趣意にはかなっているけれども、誰よりも自分がまざ〳〵とそれを見せられることになるので、無躾《ぶしつけ》な、人の居ない時にでも礼儀と云うものがあることを忘れた、浅ましい考案だと云わなければならない。

しかしそう云う縦坑は貴族の夫人か姫君のものに限られていたし、此の奥御殿ではまだ姫君は二歳であったから、それを使っている人は一人しかいない筈である。即ち河内介の行き着いた所は、夫人の厠の真下にあたる地中に外ならないのであった。

武州公秘話巻之四

桔《き》梗《きよう》の方河内介《かたかわちのすけ》に対面の事、並びに両人陰謀の事

嗚呼《ああ》、後年の梟雄《きようゆう》武蔵守輝勝、かの肖像畫に見るところの英姿颯爽《さつそう》たる「武州公」が、今や桔梗の方の厠の真下にある坑道の闇《やみ》に土龍《もぐら》の如くうずくまっている様子は、どんなに不調和だったであろうか。恐らくは河内介、――武州公自身も、極めて迷惑な位置にある己《おの》れを見出して、一寸の間顰蹙《ひんしゆく》したことであろうと察する。何となれば、彼がどれほどその人を慕っていたとは云え、こう云う失礼な間道をくゞって迄その望みを遂げることは、彼女の尊厳を傷ける道理であり、武士たる者の体面にも関する。仮りにそれらの不都合は忍ぶとしても、いかにしたらば桔梗の方を騒がせないようにして推参することが可能であろうか。彼女が驚きの叫びごえを挙《あ》げ、又は気を失うようなことを引

き起したら、折角の好機会が玉なしになってしまうのである。が、こゝに一つの想像が河内介を勇気づけてくれたと云うのは、もし此の地下道が此の間からの曲者の通路であったとすれば、こゝから人間が躍《おど》り出ることは、桔梗の方に取ってそんなに意外な事件ではあるまい、従って又、あながちそれを無礼とも見做《みな》すまい、少くとも、豫期せぬ男が現れたからと云って直ぐにも助けを呼ぶような軽率な真似はしないであろうと思われる。そう気が付くと、彼の好奇心と冒険心とは俄《にわ》かに強められたのであった。

河内介は彼の頭上に高貴な夫人が君臨するのを暫く待っていたけれども、あまり久しくその坑《あな》の縁《ふち》に留まる訳に行かないので、その日は空《むな》しく引き返したのであった。そしてそれから三日の間、ほゞ最初の日と同じ時刻に、かの石崖の下へ忍び寄って例の穴から地下道へ潜入しては、毎日一時間ぐらい根気よく縦坑の縁《ふち》に息を凝らしていた。此の、善光寺の地獄めぐりにも似た彼の辛抱強い努力が漸く報いられる機会に恵まれたのは、三日目の午後であったと云う。彼は床の上にしとやかな足音がして暗い坑道へぼんやり明りがさして来たのを知ると、先ずカタリと微《かす》かな物音をさせて夫人の注意を促《うなが》しておいてから、

「御台様《みだいさま》――――」

と、出来るだけやさしく、低い声で呼んだ。

「――申し上げることがございます、お目通りをお許し下さいませ」

その時衣ずれのおとが急に止んだので、夫人が人声のきこえて来る黒漆《くろうるし》塗《ぬ》りの枠《わく》の縁に彳《たゝず》みつゝ、静かに耳を傾けている様子が推量された。河内介は懐《ふところ》から図書《ずしょ》の密書を取り出して、

「此のお文のことにつきまして、――」

と、それを夫人の眼に触れるように高くかざしながら、

「――仔細《しさい》のない者でございます、何卒《どうぞ》お目通りを、――」

と、重ねて云ったが、此の思いつきは案の如く効を奏した。そして、

「許しましょう、上っておいで」

と、夫人が同じように低い声で上から答えた。

地下の坑から床の上へ這い出すのには、既にたび〱その目的に使用されていたことであるから、動作を成るべく簡単に、且手綺麗にするように適当な足だまりが作ってあったので、河内介はそう体面を汚すような醜い姿勢を示すことなく、又上臈の尊厳を犯すこともなく、要領よく黒塗りの枠の下から迫り上《せ》って夫人の前に平伏することが出来た。それはちょうど、狐忠信《きつねたゞのぶ》が御殿の廊下から迫り出して静御前《しずかごぜん》の前に額《ぬか》ずくあの千本桜《せんぼんざくら》の舞台の光景と、大した相違はなかったと思って差支えない。事実、厠とは云うもの、、

妻戸《つまど》と壁とで仕切られたその部屋の中は、大輪の花のような嵩張《かさば》った衣裳を着けている上臈の体を容《い》れるために十分なゆとりが取ってあって、茶の間程の面積に一杯に畳が敷き詰めてあるので、さすがに其処も奥御殿の座敷に附きまとう森閑《しんかん》とした廣さの感じがするのである。恐れ入ったような形で畳に額《ひたい》を当てたまゝ畏《かしこ》まっている河内介は、そのあたりに立ちまよう仄《ほの》かな品のよい薫《た》き物の香に鼻を撲《う》たれて、ひとしお威壓されたように首《こうべ》を垂れた。それは夫人の衣服に沁《し》みている得ならぬ薫香《くんこう》の匂《におい》であったか、又、河内介には見えなかったけれども、彼が平伏している頭の近くに小さな書院風の窓があり、その窓の前の棚《たな》の上に青磁の香炉《こうろ》が据えてあったので、そこに沈《じん》のようなものがひそかに燻《く》ゆらしてあったのかも知れない。

「桐生武蔵守輝国の嫡男、河内介輝勝でございます。………」

彼がそう云った時に、彼の眼の前二三尺の所に堆《うずだか》い襞《ひだ》を盛り上げて重々しくひろがっていた裲襠《うちかけ》の裾《すそ》が、厚い地質の擦れ合うごわ〳〵した音を立てたのは、夫人が驚きを制しながら心持身を退《しさ》ったのであった。

「河内介だとお云いか？」

「はっ」

「顔をお上げ」

そう云う夫人の言葉に恐る〳〵面を上げた青年の武士は、初めて彼が憧憬《どうけい》の的であった女性《にょしょう》の姿を仰ぎ視た。が、それでなくても身分の高い人の目鼻立ちをまじ〳〵と眺めることは出来ないものだのに、まして経験のない青年が遠くから思いを寄せていた異性の前へ出たのである。それに、御殿の奥と云うものは日の目の届かない薄暗い部屋が多く、此の厠の室内もたった一つしかない窓の障子に、秋の午後の日ざしが弱い反射を投げているだけなので、その夕闇色の鈍い明りの中で探り見る夫人の容貌は、恐らく彼が脳裡に描いていた幻影と大差のない程にぼんやりしたもので、たゞその人のほのじろい顔のけはいに依って、いかに蘭《ろう》たけた上臈であるかを想像で補うより外はなかったであ

「其方《そち》は誰です？」

ろう。彼がはっきりと見たものは、暗い所ほど尚よく光る裲襠の金絲の縫い模様と小袖の箔《はく》の色とであった。そして夫人が用心深く懐剣の柄《つか》に手をかけながら立っているのを知ると、再び慇懃《いんぎん》に両手の上へ面《おもて》を伏せた。

「いかさま、其方《そち》は河内介、――」

と、夫人は半分独りごとのように云った。蓋《けだ》し河内介の方では此の時まで夫人を見たことはなかったけれども、夫人の方では彼をたび〳〵見ていたのである。当時の上流の婦人たちは、外出する時は輿《こし》に乗るか又は被衣《かつぎ》や蟲の垂れ衣を頭から被《かぶ》り、館《やかた》に居ては常に几帳《きちょう》や簾《すだれ》の蔭にかくれていたから、自分の顔を家中の男たちに見られる心配はなかったが、自分の方から彼等の顔を見ることは自由であった。されば桔梗の方も、城中に於いて四季の祝宴や、猿楽《さるがく》、田楽《でんがく》、その他武藝や遊藝の催《もよお》し物のあった折などに、幾度か侍臣の列に連なる此の青年の頼もしそうな人品骨柄を、――「あれこそ武勇の誉れの高い河内介でございます」とお附きの者に教えられて、御簾《みす》の奥から覗《のぞ》いていたに違いない。河内介もそれは豫期していたことだけれども、しかし夫人の今の一言は彼を此の上もない栄光に包んだ。自分と云うものが特に夫人に記憶されていたことが分ると、此の幸福な初対面の感激が一層強められるのであった。

「恐れながら、わたくし、お味方に参ったのでござります」

彼は夫人の今の言葉が言外に洩らしている疑問を受けて、何より先に彼女の信頼を得ようと焦《あせ》りながら、一生懸命な、熱情の籠《こも》った口調でつゞけた。

「お味方、………お味方でござります。恐れながら此のお文のことを、………的場図書殿のお役を、………私に仰せつけ下さりませ」

彼が「的場図書」の名を云った途端に、

「あ」

と云う声がふるえを帯びて発せられたが、直ぐに平静を取り返した夫人は、

「その文をお見せ」

と、努めて物柔かに云って、河内介が直訴状《じきそじょう》の如く差し出している密書を受け取ると、乏しい窓の明りの方へ向けながらそれを一と通りあらためた上で懐に入れた。

「これを何処で手に入れました？」

「去年の秋、月形城合戦の折に的場図書どのを討ちましたのはわたくしでござります。飛道具を以て殿のお命を狙う怪しき武士と存じまして、首を討ち取りましてから屍骸を調べましたところ、計らずもそのお文が守り袋の中に這入っておりました。したが、憚《はゞか》りながら、当時敵味方乱軍の最中《さなか》でござりまして、わたくしの外には誰一人もそれを知っている者はござりませぬ」

「そして一体、――――」

そう云いかけたきり、夫人はとこうの分別に迷って、暫くじっと河内介を見おろしているばかりであった。敵に廻しては最も恐ろしい一人の勇士が、今や「味方にさせてくれ」と称して自分の足下に項《うなじ》を垂れているのである。彼女に取って此のくらい好都合の事はないが、しかし彼女には、筑摩家の恩に背《そむ》いて何の行きが、りもない自分のために身を投げ出そうと云う青年の、動機が合点出来ないのであった。そうかと云って、今日まで此の密書が明るみへ出されずにいたことを思えば、此の青年が自分に好意を寄せているのは疑うべくもないような気がする。人を陥れ欺《あざむ》くためにはどんな苦肉の計略にでも訴える時節柄であるから、彼女にも油断はないけれども、此の若者が彼女の罪を発《あば》くつもりなら、動かぬ證拠を手に入れながら、何としてそれを闇々《やみ〳〵》彼女に渡そうぞ。大切な密書を彼女のなすがまゝに任せて只管《ひたすら》恐懼《きようく》しているようなのは、どう考えても不為《ふた》めを謀《はか》る者の態度ではない。

「もし、これを御覧下さりませ。――――」

容易に夫人の警戒が緩《ゆる》みそうもないのを看《み》て取ると、河内介は懐から小さな錦の袋を取り出して、それを二三度押し戴《いたゞ》きながら云った。

「――――これは観世音のお厨子《ずし》でござります。図書どのは唯今のお文を、此のお厨子に添えて肌身につけておられました。以来私は、及ばずながら図書殿の志を継ぎましたしるしに、片時も放さず所持しているのでございます」

彼が夢中でしゃべりつゞけながら、袋の口を開けて厨子を取り出そうとするのを見ると、夫人は

「これ」

と云って、此処が不浄な場所であることを思い出させるように眼でたしなめつゝ、勿体なさそうに手を振って制したが、それでも彼のしぐさが示す熱意には動かされたのであろう。

「そして一体、そちが味方をして賜《たも》る訳は?――」

と、七分の威厳に三分の優《やさ》しみを含めて云った。

「御台様《みだいさま》、茲《こゝ》にもう一つ差し上げる品がございます。――」

河内介はその問いには答えずに、再び懐を探ったかと思うと、今度も同じような金襴《きんらん》の袋に包んだ小型の壺《つぼ》を取り出して、それを恭《うや〳〵》しく夫人の前に捧げた。

「――此の袋の中にあるものは、おん父弾正政高公のおん形見。恐れながらそちらへお収め下さりませ」

「何? 父の形見?」

夫人が我が耳を疑う如く問い返すと同時に、河内介は
「はっ」
と云って、高く翳《かざ》していた両手と一緒に頭《つむり》を低く〳〵下げた。
「左様でございます。政高公御最期の砌《みぎり》、お傷《いた》わしくも御遺骸《おんなきがら》に大切なものが欠けていらしった筈でございます」

「それが、その袋に這入っているとお云いなのかえ？」
「はっ」
河内介の三倍もの嵩《かさ》のある衣裳を着けた夫人の立ち姿が、そのとき牡丹《ぼたん》の崩《くず》れ落ちるようなゆったりとした動揺を起して、尾《お》の上《え》をわたる松風にも似た大袈裟《おゝげさ》な衣《きぬ》ずれの音を立てた。それは夫人が今の返辞を聞くと等しく、河内介が捧げている品物に

掌《たなごころ》を合わせながら床にぺったり膝《ひざ》をついてしまったのであった。

「河内介」

と、夫人はやゝ暫く黙禱《もくとう》をつゞけた後に、全く今迄の威厳を捨てゝ、打って変った女らしい言葉づかいで尋ねた。

「此のお父様のお形見を、どうしてそちが持っていたのです？」

「その仔細と申しますのは、先年おん父弾正殿が此のお城をお囲みなされました折、三の丸、二の丸まで取り詰められまして、最早や落城の運命に定まりましたところ、御先代一閑斎殿、或る日人知れず忍びの者をお召しになりまして、弾正殿を闇討《やみう》ちにするようにと、内々御沙汰《ごさた》を下されました。それを聞いておりましたのは私一人でございますが、………」

「あゝ、さては推量に違わず、――――」

そう云って夫人はほっと溜め息をついた。そして俄かに急《せ》き込みながら、

「それを其方《そち》だけが聞いたと云うのはえ？」

と、膝を乗り出して云った。

「左様でございます。当時わたくしは十三歳でございましたが、その日書院の間に近いお廊下を通りかゝりますと、ふと、『首を討つ隙《ひま》がなかったら、鼻でもよいから欠いて

参れ』と、そう仰《おっ》しゃる御先代のひそ〳〵声が耳につきました。わたくし、悪いこと、は存じながら、不思議なことを仰せられると存じまして、聞くともなく足を止めておりましたところ、『よいか、萬一の時は鼻だけでも構わぬぞ、命はあっても鼻無しにされたら、あの洒落者《しゃれもの》は必ず陣を引いて逃げるであろう』と仰っしゃって、低い声ではっ、と、お笑いになる御様子でござりました。今日明日にもお城が落ちるか落ちぬかの瀬戸際《せとぎわ》、背に腹は替えられぬ場合とは申せ、忍びを使って敵の大将の寝首を欠かせようとなさるのみか、鼻を斬って来いと仰せられるとは、日頃の御気象に似合わしからぬお言葉と存じましたが、御自身に於かれましても外聞を耻じていらしったのでござりましょう、御計略は首尾よく成就いたしましたなれども、忍びの者がお城へ戻って参りますと、誰にも訳を仰っしゃらずに直ぐその男を斬ってお捨てになりました。此処に持って居りますお形見の品は、その節その男の懐に這入っていたのでござります」

今は僅《わず》かに一二尺の距離を隔てゝ差し向いになっている河内介は、話しているうちに夫人の長い睫毛《まつげ》の先に幾粒かの露の玉が結ぼれて、それがはら〳〵と蠟《ろう》のような頰を伝わって来るのを見た。その傷ましくも美しい人の有様を前にしつゝ、次第に彼は智慮と弁舌とを十分に働かせる落ち着きを取り返していた。彼は二三日前から肝胆を砕いて、夫人を納得《なっとく》させるような拵《こしら》え事の筋書を考えぬいておいたのであったが、自分でも感心するほど、まことしやかに説明の順序を追った。

「――わたくし、ほんのその場の廻り合わせから立ち聴き致しましたものゝ、子供心にも殿の密計を武士にあるまじきなされ方と存じまして、憤《いきどお》りを感じましたが、お手討ちに遇《あ》いました忍びの男には却って不便《ふびん》を催しましたので、たしかその明くる日のことでございました。彼の屍骸が御本丸の裏山の谷に捨てゝありましたのを、そっと見届けに参ったのでございます。そして多くの屍骸の中からよう〳〵それらしいものを捜し出しまして、なんぞ證拠を持っていないかと懐を探りましたら、思いもかけず此のお形見が手に入りました。大方殿は、彼が持ち帰りました此の品を、用なきものと思《おぼ》し召して屍骸と一緒にお取り捨てになったのでございましょう。なれども私、ひとり思案をいたしまして、仮りにも敵の大将のお形見を此のように粗末にしては道に外《はず》れる、不思議な縁で此れが自分の手に入ったのも侍冥利《さむらいみょうり》であるからには、殿の御料簡はどうであろうと、自分は自分で武門の義理を立てねばならないと、ひそかにそれを戴いて帰りまして、朱肉に漬《つ》けておきましたのでございますが、政高公の御最期を思いますにつけ、あわれ此の品を薬師寺殿の御一族にお返し申す折もあらばと考えながら、今日まで大切にお預かり申しておりました。さ、御台様《みだいさま》、わたくしがこれを持っておりましたのは斯様な訳でございます」

「過分に思います、河内介、――――」

そう云うと夫人は、厠の床に惜しげもなく両手をついて、ゆたかな黒髪に蔽《お》われた高貴な頭《つむり》を心から青年の前に下げた。

「そちは武勇抜群の者と聞いていましたが、まだ若いのにそんな優《やさ》しい思いやりがあろうとは、――――よくまあそこに気が付いてくれました。そしたら其方《そち》は、わたしの胸の中を推量しておくれでしょうね」

「恐れながら、お察し申し上げております」

「弓馬《きゅうば》の家に生れたからには、いつ肉身に死に別れても仕方のないこと丶、女ながらもそれは覚悟をしています。だからお父様が戦場で討ち死に遊ばしたのならあきらめようもありますが、まるで物取りの仕業《しわざ》のような情ない目にお遇いなされ、殺されたうえに云いようのない辱《はずかし》めをお受けなされては、子としてその恨みを忘れることが出来るものか、まあ考えて賜《たも》るがよい。あの時わたしは御病死だと聞かされて、そうだとばかり思い込んでいましたけれども、お母様やお兄様が御臨終のお顔を拝ませて下さらないので、内證で乳母《うば》にせがんだのです。乳母はわたしがあまりうるさく云うものですから、しまいに我《が》を折って、『ではそうっと拝ませて上げますが、実はお父様は御病気でおかくれになったのではないのですよ、お父様のお姿がどんなに変り果て丶いらしっても、びっくりなすってはいけません』と、何度も念を押してからこっそり拝ませてくれました。あゝ、ほんとうに、他人の其方《そち》が聞いてさえ好い心持はしないのですもの、その時のわたしの口惜《くちお》しさはどれほどでしたか。乳母に連れて行かれたのは真夜中のことでしたが、お遺骸《なきがら》を安置してある上段の間《ま》の御簾《みす》のかげには、わたしたちの外に誰も人気《ひとけ》はありませなんだ。私は乳母がさし出してくれる明りの下で一と眼浅ましい御様子を見ると、あまりのことに声も出ないで、乳母の胸に顔を押しあてゝ身をふるわせるばかりでした。………」

夫人はいつか河内介の情《なさけ》にほだされてこま〴〵と心の中を打ち明け始めたのであった。彼女の長い告白はまだ縷々《るゝ》としてつゞくのであるが、しかしそれらは二人の最初の会見の日に一度に語られたものではなく、多分そのゝち二三日の間、一定の時間を限って毎日こゝで逢うようにしながら、互に問いつ問われつして語り継がれたのであろうと思われる。「道阿弥話」の記載に依れば、此の厠は二重になっていて、廊下との間にもう一と部屋次の間のようなものがあり、且その仕切りにはいずれも厚い杉の板戸が用いられ、容易に内部の話しごえが洩れないようにしてあったと云う。そして次の間かその外の廊下のあたりに侍女が控えていたことは勿論であるが、いつも夫人の供をして厠へ附き添って行くのは、かの的場図書の妹の「はる」と云う者に定《さだ》まっていたと云う。読者は夫人の乳母なる女が図書の母親であることを記憶しておられるであろうが、夫人は筑摩家へ縁づくときに乳母とその娘の春女とを連れて来たのである。

此の物語が進行するに従って追い〳〵読者も合点せられる筈だけれども、武州公の特色は、彼が奇異なる性慾に駆られていかに興奮しているように見える場合でも、常にその意識の底に自己を守る本能を働かせていたのみならず、時には己れの弱点をさえ敵を亡ぼす手段に利用したことにあって、又好運が始終彼をそう云う風に導いて行った。蓋《けだ》し被虐性《ひぎやくせい》の快楽と雖《いえど》も矢張「快楽」の一種には相違ないから、もと〳〵利己的性質を帯びていることは明かであるが、兎角此の癖《へき》のある人々はつい深入りをして身を誤まる危険が多いのに、武州公は彼一流の秘密な快感を追いながら、而も着々として周囲にあるものを蚕食《さんしよく》し、領土をひろげて行ったのである。彼も思わず深入りをして破滅の淵の方へ誘惑されたことはあるが、必ず最後の一歩手前で踏《ふ》み止まることを忘れなかった。彼が巧みに虚偽と真実とを織り交ぜた弁口を振って桔梗の方に取り入ったいきさつなども、此の特色を窺《うかゞ》うに足る一例であって、最初の会見の日に彼女に捧げたと云う「政高公の形見」なる品物も、果して薬師寺弾正の遺物であったかどうか、甚だ怪しいような気がする。なぜなら、十三歳の法師丸が弾正の鼻を拾い上げて来たことは既に述べた通りだとしても、まさかその当時に於いて今日あることを豫期していた訳ではあるまいし、それより実に六年もの間、そんな肉の切れッ端を後生大事に保存していたとは考えられないからである。依って思うに、抜け目のない河内介は、治承《ちしょう》の昔文覚上人《もんがくしょうにん》が何処の馬の骨だか分らないされこうべを「義朝《よしとも》の髑髏《どくろ》」と称して右兵衛佐頼朝《うひょうえのすけよりとも》に示した故智に倣《なら》い、その辺に転がっていた屍骸の鼻を欠いて来て桔梗の方の敵愾心《てきがいしん》を挑発《ちょうはつ》する道具に使ったのであろう。骨になってしまえば馬も義朝も大した変りはないように、鼻のかけらだけでは大将とも雑兵《ぞうひょう》とも見分けはつかなかった筈である。いや、おまけにそれが朱漬けになっていたのだから、実を云うと鼻でなくとも、何かそれらしい形をした、へな〳〵した断片でさえあればよかったのである。要するに彼が持って来た壺の中味は詮議《せんぎ》するだけ野暮《やぼ》であるが、「これこそ親御さんの形見です」と云って出されゝば、頼朝程の英傑でさえつい欺《だま》されてその手に載るのが人情である。されば況んや桔梗の方がえたいの知れない金襴の袋を見せられて、忽ち魔術にかゝったのも当然と云わなければならない。

桔梗の方の人と為りについて「道阿弥話」と「見し夜の夢」との観察に相違があることは前に語った。が、彼女が夫則重を不具にしようと企てた動機に関しては、「見し夜の夢」に記すところがいかにも自然で、機微を穿《うが》っていると思う。それに依ると、彼女は乳母の計らいで父弾正の死顔を見せられてからは、夜な〳〵その鼻のない顔が眼先にち

らつき、父が彼の世でまだ死に切れずにいると云う残酷な空想がいつまでも頭にこびり着いていて、苦しみ抜いたと云う。つまり桔梗の方は、殺された父が鼻のないために極楽往生の素懐《そかい》を遂げられず、長く宙宇に迷っているような気がしたのである。此れは彼女として実に堪え難い傷心事であった。無残な横死をした父がせめて西方浄土《さいほうじょうど》にでも生れることか、大事な忘れものをしたゝめに今も此の世に未練を残して浮かばれずにいるかと思うと、――殺された上にも尚そんな目に遭《あ》わされている気の毒な父を考えると、――立っても居てもいられなかった。彼女は毎夜、父の亡霊が顔のまん中をおさえながら夢枕《ゆめまくら》に現れて、「鼻が欲しい、――鼻を返してくれ」と云い続ける声を聞いた。結局彼女は、何とかして父のために鼻を捜し出してや

り、あの恐ろしい死顔の記憶を脳裡から一掃してしまわないことには、一と晩も安眠が出来ないのであった。「わたしは乳母を恨みました。お母様やお兄様が折角止めていらしったのに、いくらわたしがせがんだからと云って、乳母があれを拝ませてさえくれなかったらこんな苦しみはなかったのです」と、彼女は河内介に述懐しているが、まことにその言葉の通り、当時十四歳の少女にそう云うものを見せたのは乳母の短慮と云うより外はなく、彼女のかこちごとも、理《ことわり》せめて哀れであるが、見てしまった以上は仕方がないとして、さて父の鼻を捜し出すなど、云ったところで、それも出来ない相談であった。しかるに偶〻《たま〳〵》父の霊を慰め、彼女の悩みを和げる時機が到来したと云うのは、薬師寺家と筑摩家との和睦、それについで則重と彼女との縁組が成立した一事である。彼女の兄淡路守政秀は、此の縁組を彼女にす丶めた折に、「そなたも知っている通りお父様は御病気でおかくれになったので、何も筑摩家に啣《ふく》む謂《い》われはないのだから、その点は誤解のないように」と、改めて申し渡したと云う。彼女は当時の女性の位置として家長の取りきめた政策的な婚姻に不服を云い立てる権利もなく、まして将軍家のお声がゝりであるからには、家のため天下のため、身を犠牲にして天降《あまくだ》り式の決定に盲従するより外はなかったが、それにしても父のことをそう無念にも感じていないらしい兄を腑甲斐《ふがい》なく思った。兄政秀にしてみれば、父を殺したのは何者の仕業《しわざ》かはっきりしない事情もあり、公《おゝや》けに知れたら父の名誉にもならないことだから、まあ出来るだけ穏便に、――と云う腹だったのであろうが、彼女にはそう云う兄の、間伸《まの》びのした料簡が頼りなかった。いったい政秀は父の政高に輪をかけた惰弱悠長《ゆうちよう》な性質で、その後間もなく家老馬場氏に国を逐《お》われ、家をも領土をも失いながら尚生き耻を曝《さら》して諸所を流浪《るろう》した程の男なのである。で、桔梗の方は、表面何事も知らぬ体裁を装って、口にこそ出しはしなかったけれども、父の死について兄とは違った意見を持っていた。ありていに云うと、彼女はあの死顔を見せられた瞬間から、父が敵の陰険な手段にかゝって落命したと思うより外には、考えようがなかった。苟《いやし》くも父は戦争の最中に陣中で殺されたのである。而も下手人が首の代りに鼻を斬り取って行ったことは、その男が敵の廻し者であることを何より雄弁に語っているではないか。それを盗賊の所為とか個人的怨恨《えんこん》の結果とか云う風に見るのは、故意に事実に眼を蔽う卑怯者《ひきようもの》の振舞である。――彼女はそう信じて疑わなかったが、自分を除く家中一統の人々が、母も、兄も、老臣共も、皆それほどに思っていないらしいのを見ると、父の浮かばれる時が永久に来ないような気がして、一層悲しくなるのであった。そしてどうしたらその悲しみを紛らすことが出来るであろうかといろ〳〵悶《もだ》えぬいた末に、ふと考え及んだのは、今度筑摩家へ輿入《こしい》れする身になったのを幸いに、父が加えられたその同じことを一閑斎父子の上に加えたら、

――と云う案であった。

彼女は舅《しゅうと》の一閑斎や夫則重の顔のまん中に満足な鼻が附いているのを見るにつけても、父がひとしお可哀そうでならなかったと云っている。恐らく彼女は誰の顔の鼻を見ても腹が立ったことであろう。自分が鼻を持っていることをさえ、父に対して済まなくも感じたであろう。もし世界中の人間が一人残らず鼻なしになったら、父の不幸が始めて完全に救われるとも思ったであろう。その頃の彼女は十六歳の花嫁だったので、筑摩家を亡ぼすの何のと云う大がゝりな望みを起すには、年齢も分別も足りなかったから、極く単純な、少女らしいことしか考え付かなかった。つまり世界中の人間をそうする代りに、舅か夫を鼻なしにしてやったら、父の亡霊も幾分か恨みを忘れ、自分自身の悲しみも救われるであろうと、一途《いちず》に思い込んだのである。そう云う訳で、彼女の目標はさしあたり彼等の「鼻」にあって「生命」にはなかった。誤まって鼻と一緒に命を奪うような結果になったら、それも已《や》むを得ないけれども、出来ることならば、鼻なしのまゝ当分の間生かして置いて、そのみじめな存在を篤と自分の眼を以て確かめ、世人の前にも曝《さら》し物にしてやりたかった。「道阿弥話」が彼女を目《もく》して生れつき虐を好む婦人であったと為す所以《ゆえん》は、主として此処に存するのであるが、「見し夜の夢」に依ると、彼女は河内介に向って下《しも》のように告白している。

そのとき桔梗の方おんなみだのうちに仰せけるは、世にわが身ほどうたてきもの丶あるべきや、たとひ仇《かたき》の子なりとも夫に持ちしうへからは憎からずおもひ侍《はべ》るものを、か丶る恐ろしき復讐を企てぬるは、いかなる前世のやくそくにやあらん。さらでだに女人は罪ふかきもののときくからに定めし来世は地獄にやおち侍るべき。されど神佛も照覧あれ、まことにこのことわが本意には侍らず、ひとへに父の妄執《まふしふ》のわが胸にやどりわが耳にさ丶やくまゝに思ひたちて侍りしぞかし。……

畢竟《ひつきよう》彼女は、鼻を失った舅や婿の有様をはっきりと自分の眼底に映し止め、われとわが心に納得《なつとく》させせなければ、――たゞ簡単に彼等を殺してしまうだけでは、――夜な〳〵睡《ねむ》りを脅《おび》やかす無気味な夢魔を追い拂うことが出来なかったのであろう。彼女が故なく夫を不具にして楽しむような婦人でなかったことは、筑摩家滅亡の後に於ける行動を見ても明かである。「たとひ仇の子なりとも憎からず思ひ侍る」と自らも語っているように、事実彼女はその不具にした夫則重を、心私《ひそ》かに愛してもいたし、憐《あわ》れみもしたらしい。要するに、彼女の生涯は父の死顔の記憶を消すという一事に終始して、そのために夫を捨て、子を捨て、我が身を捨て丶しまったかの観がある。

最初、桔梗の方の此の計畫を知っていた者は、彼女の乳母、即ち的場左衛門の妻の「楓《かえで》」という女一人であった。楓は彼女から意図を打ち明けられたとき、驚いたには違いないが、あの死顔を自分の一存で彼女に見せた責任があるところから、むげに諌止《かんし》することもならず、だん〳〵同情するようになって策謀に引きずり込まれたのであろう。彼女の夫的場左衛門は桔梗の方が輿入れの当時既に病死していたので、これは全く係り合いがなかったものと思われる。そして未亡人の楓は、嫁御寮《よめごりよう》の附き人として娘の春女と共に牡鹿山の御殿に仕えるようになり、次第に自分の子供たちを説いて仲間に加えたのであろうが、それらの詳細ないきさつは知られていない。たゞ内にあっては彼女とその娘の春、外にあっては伜《せがれ》の的場図書とが互に気脈を通じ合って、桔梗の方の復讐に手を貸したことは確かである。図書は初めに一閑斎の鼻を狙い、それが失敗すると、次には月形城の合戦に織部正の鼻を狙い、孰方《どちら》も目的を達しないで河内介に討たれてしまったのであるが、かの城内の奥庭に於いて則重を兎唇《みつくち》にし、ついで彼の片耳を殺《そ》ぎ去った者は誰であったろうか？　「道阿弥話」と「見し夜の夢」には、図書の弟に今一人「的場大助」と云う者があって、それが兄の志を継いだことが記されている。大助は母楓の計らいで、塹壕《ざんごう》を掘ることを専門にする金掘《かなほ》りを連れて、長持の中に潜んで奥御殿へ運び入れられたと云う。が、此の金掘りと大助の行くえは明かでない。金掘りの方は、河内介が偶然見つけ出したあの坑道を掘り終えたあとで、多分縦坑《たてあな》の底深く斬って捨てられ、やんごとない夫人の排泄物と共に永久に土に吸い込まれたのであろうけれども、大助は果して何処へ消えてしまったのか？　花見の宴の事件以来警戒の眼が光っている中を、再び長持に隠れて誰にも訝《あや》しまれずに城外へ逃《のが》れ去ることは、到底不可能であったに違いない。それどころか、彼は第一の事件から第二の事件に至るあいだ、――則重の唇を裂いてから更にその耳を奪うことに成功した約四箇月に亙る期間、――特に縦坑の上部に掘らせてあった窟《いわや》のような凹《くぼ》みの中に体を屈《かが》めて這入ったきり、とき〴〵夫人や母などが与えてくれる握り飯に露命をつないで、一歩も外界へ踏み出さないようにしていたと云われる。主のため、親のため、兄弟のために一身を犠牲にした男の例は古来少くないけれども、それにしても四箇月の間も厠の地下に籠っていたと云う大助ほど、よく忍び難い役割を堪え忍んだ者は稀であろう。読者は大助の此の行動を、恥ずべき変態性欲者や色情狂者の為すところと混同してはいけない。彼のは飽く迄も生《き》一本な忠義と孝行の念から発しているのである。されば此の驚くべき誠実と勇気とを持っていた青年は、恐らく自分の使命が或る程度まで遂行《すいこう》され、而もそれ以上は最早や実現不可能であると看《み》て取った或る時期に、自ら刃《やいば》に伏してその屍《かばね》を金掘りのそれと同じ暗黒裡《あんこくり》に埋《うず》め、真に文字通り芳《かん》ばしい最期を遂げたのであろう。そして河内介が坑道を潜行した際に彼に遇わなかったところを見ると、彼が自刃したのは必ずやその以前であったに違いない。

しかし、此の大助の代りの役目を自ら買って出た河内介と云うものを、――此の物好きな若武者の心の中を、――桔梗の方は如何に解釈したのであろうか？　日本の武士の間には、高貴の夫人を崇拝したり、又そのために命を捨てるのを名誉とするような西洋流の騎士道はない。されば桔梗の方が舅や夫に復讐しようと企てたのは当然であるとしても、河内介までがその味方をする謂われはない。彼が彼女の父の最期に同情を寄せ、一閑斎の武士にあるまじき卑劣な手段に義憤を感じて、鼻のかけらを大切に保存した上わざ〳〵届けてくれたと云う、その任俠《にんきょう》と好意は受け取れる。そこまでは彼女も感謝の念を以て対し得られる。が、彼が進んで彼女の未完成な復讐に手を貸そうと云うのは、明かに任俠や好意の範囲を出過ぎた申し出《い》で、ある。それが河内介の胸の奥に潜む変態的慾望のさせる業であるとは、まさか桔梗の方に分る筈はないから、他に彼女を頷《うなず》かせる何等かの理由が、――たとえば河内介の方にも別に筑摩家に恨みを含む行き掛りがあったとか、或は筑摩家の恩に背《そむ》いても彼女のために盡すべき義理合いがあるとか、何かしらそう云うことがなければならない。斯く考えて来れば、彼女があのまやかし物の「父の形見」を見せられて一時は情に絆《ほだ》されたとしても、遂に全く心を許して復讐の大事を彼に委《ゆだ》ねるに至ったのには、尚相当の径路《けいろ》があったこと、想像される。「筑摩軍記」は桔梗の方と河内介とが「密通」したことを暗に諷《ふう》して、恋愛から陰謀が成立したように匂わせているけれども、武州公は色仕掛《いろじかけ》で婦人の信頼を贏《か》ち得るような柄《がら》でもないし、そんな色魔的手腕があったろうとも思われない。恐らく密通は事実であろうが、そのことのあったのは両人の間に筑摩家を滅亡に導く相談が進行し、次第に馴れ親しむようになってからであろう。即ち陰謀の成立の方が先で、肉体的関係はその後に結ばれたと見るべきであり、それもそう頻繁ではなかったらしく察せられる。

按《あん》ずるに桔梗の方は、河内介の「任俠過ぎる申し出で」を、筑摩家に取って代ろうとする彼の野心に基くものと解釈したのであろう。則重が凡庸の器《うつわ》であるとすれば、譜代《ふだい》の臣と云う訳でもない河内介がそう云う大志を抱《いだ》くのは戦国の世の英雄として有りがちのことであり、彼がその大志を遂げるためにたま〳〵彼女の復讐心を利用する気になったとしても不思議はない。彼女は夫則重が乱世に処して到底その領土を保ち難いのを知っていたであろうから、むしろ河内介の野心を是認し、彼に利用されながら自分も彼を利用して復讐を成し遂げ、かた〴〵彼の温情に縋《すが》って、せめて夫の死後に於ける二人の子女の安全を謀《はか》った方が、結局筑摩家の血統のためにも得策であると思ったでもあろう。彼女と河内介とが何処まで相互の利害関係を打ち明けて語り合ったかは判然しないが、少くとも、彼女は彼の「味方をする」と云う意味をそう云う風に受け取り、河内介も亦胸中の秘密を押し隠して彼女の解釈するまゝに任せ、両人の間に云わず語らず一種の黙契が出来上ったのであろう。そこで桔梗の方の側から云うと、則重の鼻を剘《き》りさえすれば満足する筈であった彼女の最初の計畫が、筑摩家を顚覆《てんぷく》するところまで深入りしたのは河内介の野望に引き擦られた結果だと云うことになり、河内介の側から云えば、一旦則重を鼻缺けにして彼の奇態な性慾的興味が充《み》たされてしまうと、今度は見せかけの野望が次第にほんとうの野望にまで成長し、此の機に乗じて筑摩家を亡ぼしてやろうと云う冷静な打算と胆略とが知らず識らず働き出したことになるのである。

則重鼻を失う事、並びに源氏花散里《はなちるさと》の和歌の事

織部正則重は、彼の最愛の妻と家臣との間にそんな密約が結ばれたことを知るよしもないから、その後も毎夜夫人の閨《ねや》を訪れては、例に依って兎唇《みつくち》の口元をもぐ〳〵させながら聞き取りにくい甘ったるい私語をさゝやいていた。彼がいかにお坊っちゃん育ちの楽天的な大名であっても、唇を裂かれた上に片一方の耳を殺《そ》がれてしまっては多少憂鬱《ゆううつ》にならざるを得なかったと見え、「その頃より兎角病気で引き籠りがちになつた」と、「筑摩軍記」は記している。が、引き籠りがちになればなる程、ます〳〵彼は夫人の傍《そば》へへばり着いた。家来共や腰元共の居る席では自分の容貌に退《ひ》け目を感じて自然不機嫌にな

ったけれども、蘭燈《らんとう》の影ほのぐらい密室に這入り、夫人のいつに変らない艶冶《えんや》な媚笑《びしょう》を眼の前にすれば、忽ち彼は耳のないことも唇の三角なことも忘れてしまって、無類の幸福感に陶酔することが出来た。もと〳〵彼のようなのは戦国の領主に不向きな性格なのだから、負傷をしたのを口実に領地の仕置きを家老共に任して、奥御殿に引っ込んでいられる方が結局気楽な訳であって、表面憂鬱に見えたとは云え、心の底では案外苦に病んでいなかったかも知れない。

そのうちに八月も過ぎて九月になった。例年ならば、観月の宴、菊の節句、紅葉狩《もみじが》りと、次々に催しがあるのだけれども、今年はそんな次第で殿の御気色《みけしき》がすぐれないものだから、表でも奥でも派手な遊びは差控えることにして、ほんの型ばかりの行事を済ませた。それでなくても牡鹿山の秋が更《ふ》けて、村しぐれをさそう風のひゞき、落葉のおとが身に沁むのに、分けても奥御殿は火の消えたようにひっそりとして、夜になると前栽《せんざい》の草葉のがさ〳〵と鳴るのが物凄く、とき〴〵遠くの方で鹿や狐の啼《な》くこえが谷間にこだまする。ぜんたい則重は、若い腰元共を集めて琴を弾《ひ》かせたり、舞を舞わせたりすることが大好きだったので、ちと気晴らしにそんな催しをすればよいのだが、近頃は夫人とさし向いでしんみり酒を酌み交すぐらいが関の山で、とんとそう云う陽気な遊びをしない。それと云うのが、一つは春の花見の宴の出来事に懲りたせいでもあるが、一つは、元来彼自身が声自慢で、何かと云うとすぐに小唄を謡《うた》って聞かせたものだのに、残念ながら発音に故障を生じ、息がすう〳〵洩れると云う現状では、折角の美音も如何ともしようがない。で、自分が謡《うた》えないとなると、人の謡うのが羨《うらや》ましくもあり、忌ま〳〵しくもなって来るので、管絃の宴を開いても一向面白くないのである。

さて九月も既に半ばに近づいた或る日のこと、ゆうがたから降り出した秋雨が夜になっても降り止まず、しと〳〵と、しずかに、土に滲《し》み入るように降りしきって、軒端をつたう雫《しずく》のおとがそゞろに人を物思いに誘うと云う晩、織部正は宵《よい》の口から夫人の部屋に閉じ籠り、侍女のお春に酌をさせて夫婦仲むつまじく盃《さかずき》の遣《や》り取りをしていた。いとしい人を側に置いて蕭々《しょう〳〵》たる雨の音を聞きながらチビリチビリやると云うのは、誰しも悪くないものだが、織部正もその晩は例になく酒がはずみ、大分平素よりも数を重ねて、珍しい上機嫌であった。そしてとき〴〵夫人の方へ盃を廻しては、

「どうかの、そなたも今すこし過さぬかの？――」

と、そう云うたびに、何処かだゝッ児じみたところのある、好人物を丸出しにした眼元を細くして、はにかむようにしながら、じっと夫人の横顔へ微笑を送った。尤もその言葉を彼が発音すると、

「ろうかの、ほなたもいまふこしふごさぬかの？」

と云うように聞えるのだが、もうそんなことは彼自身には気にならなかった。たゞ晴れの場所で物を云うときに、以前は大名の威厳を保って堂々と云う癖があったのが、兎唇《みつくち》になってから段々声の出し方が臆病になり、恐々《こわごわ》しゃべる習慣がついて来たので、全く安心しきっている今の場合でも、どうかすると蚊《か》の啼くような微《かす》かな声になる。そう云えば夫人の顔を見る折にはにかむような様子をするのも、一つには心底彼女に惚《ほ》れ抜いているのが我ながら照れ臭いせいでもあろうが、一つには、矢張頭の隅ッこに「自分は不具者だ」と云う意識が潜んでいて、それが動作に反映するのであるかも知れない。兎に角片羽《かたわ》になる前の織部正は我武者羅《がむしゃら》な餓鬼大将のような性質で、こんなにいじけてはいなかったのである。

桔梗の方は受けた盃をゆっくりと飲みながら、しばらく庭前の雨のおとに耳を澄ます風《ふ》情《ぜい》であったが、やがて、

「あれ、あの音をお聞き遊ばせ、まだ降っているようでございますね」

と、鬱陶《うっとう》しそうに眉《まゆ》をひそめた。

「ほうらな、まら降っているようらな、………れも、しんみりしたよい雨れはないか」

「ほんに、そう仰《お》っしゃれば秋らしい晩でございますこと。けれどわたくし、こう云う晩は淋しゅうて滅入《めい》るような気がいたします」

「わしは、ろう云う訳か今宵はとくべつに酒が旨《うま》い。あの雨のおとを聞いていると、ひとりれに気分が落ち着いて来る」
「それは結構でございます。何より御機嫌のおよろしいのが一番嬉《うれ》しゅうございます」
「ほなた、この秋の夜のおもむきを歌に咏《よ》んれ御覧。……」

と、織部正が突然柄《がら》にもないことを云い出した。彼は近頃しょざいなさを紛《まぎ》らすために妙な道楽に凝り始め、夫人に就《つ》いて和歌を学んでいるのであった。堂上家《どうじようけ》の娘を母に持つ都育ちの夫人が、萬《よろず》風流の道にかしこく、和歌に堪能であることは云う迄もないが、彼女の薫陶《くんとう》よろしきを得たのか、織部正もどうやら三十一文字《みそひともじ》をそれらしい形に列《つら》ねることが出来るようになったので、何事に依らず習いたては熱中するものであるから、

折さえあると、

「ほなた、歌を詠んれい御覧」

と、箸《はし》の転んだようなことにも云い出すのである。

夫人は夫の言葉を聞くと、それを豫期していたもの、如くお春に云いつけて料紙《りようし》や硯《すゞり》箱《ばこ》を取り寄せた。そして、腰元の磨《す》る墨の匂がほんのりとたゞよう中に、短冊《たんざく》を片手に、燈火のもとに近寄りながら、じきにすら〳〵と見事な筆のあとを走らせて行った。

織部正は、正直のところ歌のよしあしはどうでもよいのだが、夫人が短檠《たんけい》の灯影《ほかげ》のもとにうつむいて、心に浮かび出る文句を口のうちであれかこれかと選《え》り分けているときの、深く考え込んだ表情を見るのが楽しみなのであった。なぜ

なら、夫人の品のよい端麗な顔は、そう云う風に真面目《まじめ》に打ち沈んでいる時が、最も美しく、気高《けだか》く感ぜられるからである。織部正はいつもその夫人の姿を、燈火《ともしび》にくっきりと照らし出される彫刻的な鼻や唇の線を、惚れ〴〵とした眼つきで横の方から眺めながら、「己も随分いろ〳〵な女を知っているけれど、やっぱり育ちのよい上臈《じょうろう》は格別だなあ」と、そう思っては、さも感心したような溜め息を洩らしたり、又たまらない嬉しさが込み上げて来たように、急ににや〳〵笑い出したりした。取り分け今宵の桔梗の方は、その奉書紙《ほうしょがみ》のような白い頬に三分の酔いを発しているのが、典型的な、やゝ固過《かたす》ぎる面立《おもだ》ちに、云うに云われない婀娜《あだ》っぽさを添えているのであるが、それにしても、若し河内介がこう云う場面をそっと隙間《すきま》から覗《のぞ》いたとしたら、どんな気持がしたことであろうか。天井の高い、うすら寒く廣々とした座敷の中に屛風《びょうぶ》を囲って、四方から詰め寄せる真っ黒な夜の闇を燈心の灯で防ぎながら、その、ぽつりと一点水に油を滴《た》らしたような纔《わず》かな明りの圏《けん》の裡《うち》に、此の三人が朦朧《もうろう》とすわっているのである。夫人は黙々として紙の上に筆を動かし、侍女は静かに墨を磨り、主《あるじ》は一人悦に入りながらとき〴〵盃のふちを舐《な》めている。そして、夫人が示す短冊を眼の前に捧げて読み下す様子だけれども、そのひそ〳〵とした声音は暗い四隅に吸い込まれて、何を云うのかまるで聞えない。屛風の面には片耳のない茶筌髪《ちゃせんがみ》の首が大きな影を落し、それをうしろに背負っている主の顔は、光線の加減で兎唇のところが洞穴のように凹《くぼ》んで見え、あたりに鬼気を発散して、桔梗の方の妖精《ようせい》じみた美しさ迄が何か此の世のものでないように凄《すさま》じい。それにしん〴〵と更けた深夜、戸外にはおり〳〵雨がざあッと音を立てゝ降る。………そう云う室内の異様な感じは、蓋《けだ》しあの屋根裏の首装束の光景に劣らないものがあったであろう。桔梗の方が二三首書いて差し出したあとで、今度は織部正が、頭をひねりつゝ漸く一首をまとめ上げて日頃の上達の程を示し、夫婦が互の出来栄《できば》えを褒《ほ》め合ったりして、先ずはその夜の遊興もみやびやかに終りを告げてから、程なく二人が臥戸《ふしど》へ引き取ったのは亥《い》の刻を過ぎていた。それから暫く織部正はいつものように夫人を愛撫したことであったが、和歌を肴《さかな》に飲んだのが思いの外利《き》いて来て、可なり正体がなくなっていたから、ひとしお執拗《しつッこ》く掻き口説《くど》いたり、甘っ垂れたり、有頂天《うちょうてん》になったりした。で、最後には、これもいつもの癖で、身も魂も蕩《とろ》けたようにそのまゝ睡りに落ちるのであるが、やがて四半時《しはんとき》も立つと、必ず一度眼をさまして小用を足しに行くのである。その晩も彼は真夜中頃にふっと起き上って、夫人の睡りを破らないように静かに次の間へ来ると、そこに控えていたお春が心得て雪洞《ぼんぼり》に明りを移し、先に立って廊下へ出た。彼の厠は夫人の厠とは別の方角にあって、長い廊下を一直線に五六間ばかり行き、左へ曲って、又もう一つ右へ曲る。その、右へ曲ってからの二三間の畳廊下が一番真っ暗で、片側が壁、片側が庭に面する障子と間平戸《まひらど》になっていた。織部正は酒ともう一つの歓楽と、両方の酔《え》いがまださめきらぬ薄寝惚けた足取りでそこへ来たときに、間平戸《まひらど》の外の縁側に雨がびしょ〳〵と叩きつける音を聞いたので、

「まら止まないな、よく降ることらのう」

と、誰に云うでもなく寝言のようにつぶやいたが、

「ほんに、いやな雨でございます」

と、お春も思わず立ち止まって、

「――お危うございます、お気をお付け遊ばして、――」

と、そう云いながら彼の覚束ない足もとへ明りを向けた。その時彼女のうしろを塗《ぬ》り潰していている濃い闇の中で、一陣の風が羽ばたきのようにすうッと空を切ったけはいがして、不意に彼女が

「あっ」

と云いさま、雪洞《ぼんぼり》を床に落した。

「られら?」

その瞬間、織部正は闇の奥に黒い塊《かたまり》のようなものが動いたのを、チラと見て取った気がした。人?――怪物?――幻覚?――落ちた拍子に燈火《ともしび》が消えて、全くの暗

黒に包まれた彼は、自分の網膜に残った映像が果して実在の物の影であったか、それとも半眠半醒《はんせい》の酔眼がありとしもない夢魔を描いたのか、………だがそれにしてはお春があれきり口を利かないのが変なので、

「春！　ろうしたのら？」

と、もう一遍闇に声を投げてみた。

「――ろうしたのら？　られかいるのか？――」

「と、と、とのさま！………は、は、はやく、………はやく、………」

それは確かにお春の声に違いなかった。しかし何者かに口を塞《ふさ》がれ、咽喉《のど》を絞《し》められつゝも、懸命に抵抗しているように、今にも呼吸が詰まりそうに云うのであった。

「はやく、………はやくお逃げ………あ、あ、あそばし………」

お春の言葉はそこで途切れて、

「うむ、………」

と呻《うな》ったかと思うと、すぐにずしんと地響きを立てゝ倒れる音がした。織部正は咄嗟《とっさ》に息を殺しながらジリジリと廊下の一方へ寄って、壁へぺったり蜘蛛《くも》のように背中を吸い着かせてみたが、そうする後から又すうッと追いすがって来た者が、いきなり彼の頸《くび》へ逞《たく》ましい腕を絡《から》みつけた。絡みつけながら恐ろしい力でぐい〳〵と彼を壁へ押した。織

部正は自分の体が煎餅《せんべい》のように平べったく壓搾《あっさく》されるのを感じつゝ、

「曲者《くせもの》！」

と、何度か声を立てようとしたが、もがけばもがくほど相手の腕が頸部へ深く喰い込んで来た。彼は次第に窒息しかけ、少しずつ痺《しび》れて行く意識の中で、「もう助からない、もう殺される」と思った。途端に曲者の掌《てのひら》が自分の顔をぺろりと撫でたように覚えた。彼は直ちに匕首《あいくち》が自分の咽喉元《のどもと》へ突き刺さるだろうと観念していると、曲者は一方の腕で何処までも頸を扼《やく》したまゝ、一方の手で二度も三度も顔の上を、恰《あたか》も舌で舐め廻すようにぺろり〳〵と撫でるのである。そして最初に片耳の缺けていることを確かめてから、次には兎唇の上を探って、鼻の附け根から突端までを、鼻柱から鼻の孔から小鼻に至るまで綿密に触ってみるのである。織部正はだん〳〵気が遠くなりながらも、甚だ奇怪千萬に感じた。此れは自分を愚弄《ぐろう》しているに違いないと思って、

「無礼者！　何をするのら！」

と、無理にも叫んだつもりであったが、その刹那《せつな》にゴリと云う音がして、自分の鼻が顔から離れて行くのを、はっきりと意識した。なぜなら、その時曲者はわざと少しばかり頸をゆるめて呼吸を楽にしてやりながら、いやにゆっくりと、外科医がメスで贅肉《ぜいにく》を殺《そ》ぎ取るように、全く鼻らしいもの丶痕跡も止めぬまでに、綺麗《きれい》に根元から切り落したか

らである。

織部正がやがて正気に復《かえ》った時は、ちょうど手術の後で麻酔から醒《さ》めたような風であった。彼は鼻を切られたことまでは確かに知っているけれども、それからどうなったのか何も記憶がないのである。多分曲者は「手術」を施してから彼に当て身を喰らわしたか、或はもう一度強く頸を絞めたのであろう。彼はそれきり人事不省に陥って、気が付いてみたら既に夫人の閨《ねや》に運ばれ、床の上に臥《ね》かされていた。腰元のお春も彼より先に倒されていたので、その後に起った珍事件については何も知らない。彼女が息を吹き返してからの話に依ると、あの廊下で立ち止まって殿様の方へ明りを差し出した時、急に右腕が痺れて来たので、覚えず雪洞を落してしまった。そして真

っ暗になったと思ったら、忽ち背後から何者かに組み着かれた。いや、組み着かれたと云うよりは、魔物のようなものが音もなく擦り寄って、出し抜けにぎゅッと五体を呪縛《じゅばく》した感じ、………でなかったら、巨大な熊の如き獣の胸に抱きすくめられたような工合だった。彼女は口と頭の周《まわ》りとを強く壓迫されながら辛《かろ》うじて殿様に声をかけたが、同時に肋骨《あばらぼね》のあたりにしたゝか打撃を加えられて、そのまゝ前後不覚になった。そう云う訳で、もしもその晩桔梗の方が眼をさまして夫と侍女の居ないことに不審を起さなかったとしたら、二人はいつ迄廊下に倒れていたことか知れなかった。尤も夫人や女中共が騒ぎ出した時分には、とうに曲者は影も形も見えなくなって、たゞ織部正の面上に鮮やかな手術の痕《あと》ばかりを留めていたのであるが、不思議なことに、曲者は逃げるに先立って、傷口に血止め薬を塗り、ぺたんこになった顔のまん中へ膏薬《こうやく》まで貼《は》って行ってくれたのである。これは何処迄も外科医の心がけを忘れないつもりなのか、外に理由があったのか、何にしても甚だ親切な、宜しきを得た処置であった。と云うのは、そうでもして置いてくれなかったら、事に依ると気の毒な患者は出血のために死んでいないとも限らなかったからである。

此の珍事は、すでに読者も想像されたであろう通り、外ならぬ河内介の仕業であった。彼の襲撃が斯くも見事に効を奏したのは、桔梗の方の手引きに依ることは勿論であって、夫人と彼とは楓母子《おやこ》を文の使いとして、例の地下道から絶えず音信《いんしん》を交していた。多分母子のうちの一人が、地下道を潜って出口の石崖の隙間か何かにそっと文を挿し込んでおくと、河内介が巡視の折にそれを受取り、やがて又返書をそこへ挿し入れる。そう云う風にして連絡を保ったのであろう。されば襲撃の場所や時刻なども豫め打ち合わせが済んでいたので、河内介は人に訝《あや》しまれることなく、短時間のうちに仕事を成し遂げて、無事に石崖の下へ戻って来ることが出来たのである。

尚、彼は則重の傷口へ膏薬を貼ってやったばかりでなく、一通の書面を懐中して行って、それを則重の顔の上へ載せて来た。

　某《それがし》餘儀なき仔細に仍《よっ》て昨年以来御鼻を狙ひ候処今宵首尾よく本懐を達し満悦不過之《これにすぎず》候決而々々《けっして〳〵》御命迄は不㆓申受《もうしうけず》㆒これより後は御心安かるべく候

こう書いてあったと云うその書面の文句を、老臣たちはどう解釈したか分らないが、これは河内介の深い用意の存するところで、一旦夫人の委嘱《いしょく》を成就した彼に取っては、速《すみやか》に奥御殿の警備が解かれ、たやすく夫人に接近し得る機会の来ることが望ましいので、こうして城中の不安を除こうと謀ったのであった。

が、此の親切な忠告にも拘《かか》わらず、家中の武士は一層油断なく任務に就《つ》くように命ぜられ、夜な〳〵奥庭の木の間を照らす篝《かが》り火の数は殖《ふ》やされる一方であった。河内介は、彼が月番に当っていた際に今度の事件が起ったのであるから、責任を問われたことは云う迄もないが、老臣共はその所罰には定めし当惑したであろう。何を云うにも、河内介の受持は御殿の外囲いであって、件の曲者は外から這入ったか、内部に潜んでいたものか、誰にも断定は出来ないのである。緩怠《かんたい》と云えば家中一統の緩怠で、河内介一人が責められる謂《い》われはない。尤も殿が殺されたとでも云うならば、切腹は免れぬところだけれども、たか〴〵ほんの一部の肉片が切り取られたに過ぎないのである。いかに大国の領主でも、鼻と忠実な家来の命とを引き換えにするのは勿体ない。それに、則重が鼻を切られたことは出来るだけ秘密にされて、纔《わず》かに奥御殿の数名の女中たちと老臣共が知っているばかりであったから、公然と責任者を出す訳にも行かない。まして日頃から名誉ある若武者として、又、武蔵守輝国の総領息子として、人々にその器量を恐れられている河内介であって見れば、迂濶《うかつ》に処分することは尚以て慎しむべきである。ま、そんないろ〳〵の利害が顧慮されて、当分蟄居《ちっきょ》を命ぜられたゞけであったが、人なき部屋に閉じ籠っていた彼は、いかにその後の奥御殿の情景に思いを馳せつゝ、懊悩《おうのう》の日を送ったであろうか。彼の本来の目的は夫人のために復讐することではなくて、その復讐の成果がもたらす場面にあった。鼻缺けの夫と世にたぐいもなく美しい夫人と、此の二人を並べて見ることが彼の秘められたる望みであった。その、かね〴〵夢みていた世界が今や事実となって夫人の閨《ねや》に展開されていると云う期待は、彼のあこがれを甚だしく募《つの》らせるのであった。

やがて、幾程もなく幽閉の期間が過ぎて、再び出仕を許されるようになったけれども、彼の懊悩は引きつゞいて止む時もなかった。以前のように自分が月番に廻されていれば、あの恋の通い路――なつかしい石崖の下へ近寄る便宜もあるけれども、最早やその好ましい勤務が自分に任《ゆだ》ねられる折とてもなく、おまけに近頃は重臣の者が監督して水も洩らさぬ警衛振りを示していると云う有様であるから、文の遣り取りは愚か、風の便りにも奥御殿の消息を知る由がない。のみならず気がゝりなのは、毎日出仕するけれども織部正があれきり正体を見せないことである。聞けばあの事件があってからと云うもの、殿様はついぞ一度も家来共に対面されたことがないと云う。尤も上段の間《ま》の御簾《みす》のかげまでお出ましになって、とき〴〵臣下にお言葉の下ることはある。しかし仰《お》っしゃることが一層微《かす》かで聴き取りにくゝなり、声音《こわね》も多少変っているので、換え玉ではないかと云う疑いを抱く者があり、自然不吉な臆測を廻《めぐ》らす者も出来て来ると云う始末。そうなると河内介も、自分の手術の結果について不安を感ぜずにはいられなかった。あれだけ血止め薬を塗って、豫後の手当をして来たのだから、まさかとは思うものゝ、幹部級の五六人と側近者の二三人が真相を握っているのみで、家中一般の人々は誰も殿様の確かに生きている證拠に接しないのである。河内介は、せめて則重の無事な顔、――いや、無事な姿を見、その顔面の損傷の程度を知り得たら、それに依って夫人の満足さ加減を推し測り、彼女の眼元に浮かべられる邪悪な微笑を妄想に描いて、幾分か渇《かつ》を癒《い》やすことが出来るのにと思うと、則重の鼻のない顔も夫人の顔と同じように恋い慕われて来るのであった。

此のとし、天文《てんもん》二十四年は十月に改元があって弘治《こうじ》元年となり、織部正の身に厭《いや》な災難がつゞけざまに見舞った一年も過ぎて、明くれば弘治二年丙辰《へいしん》の正月となったが、参賀の諸侍が初春の祝儀を述べても、御簾《みす》のうちからお盃を下されるばかりで、はかぐしい挨拶のお言葉もきこえないとあっては、一向景気が改まらない。老臣共は寄りく額《ひたい》を鳩《あつ》めて、こう殿様が引っ込んでばかりおいでになると城中の士気も衰えるし、何より忌《い》まわしい噂《うわさ》の立つのが面白くないから、一つ世直しに花やかな催しをして、ぱっと明るく騒いでみたらどうであろう、それには第一に殿様からその気になって「うるわしい尊顔」を諸士の前へ見せてくれないことには困る、なあに、兎唇《みつくち》や片耳のお姿を見馴れている家来共は、今更鼻が缺けたぐらいに驚くことはなかろうから、そんなに耻ずかしがるには及ばない、弓矢取る身に大切なものは容貌よりも精神にある、顔の造作《ぞうさく》がちっとやそっと破損していても、それで主人を軽蔑《けいべつ》するような不所存者は一人もありはしないであろう、と、そう云う相談をして、恐る〳〵殿の意中を探って見たりするのだが、一度憂鬱症に取り憑《つ》かれた則重は、今度の事件からます〳〵因循《いんじゅん》に、臆病になって、何と云われても人前などへ出る料簡にはなれないらしく、強《し》いてすゝめると、

「えゝ、うるはい！　あほびたへればはってにあほべ！　己はろうひようほよへいなおへわら！」

と、不機嫌そうにすうっと座を立ってしまうのである。

「声はすれども姿は見えず」と云うことはあるが、姿ばかりか声までがこんな工合に違って来て、人間の言葉か動物の啼きごえか分らないようになっているのだから、それで家来たちに生きている證拠を示すことは容易でない。が、「何がなお気晴らしの方法を」と、あまり老臣たちが心配するので、「それなら家中心得のある武士共を集めて歌の会を催そう」と云うことになった。尤も前々から、女中どもを相手に内輪《うちわ》でそう云う催しをしていたのであったが、それを今度は、表座敷の書院の間へ侍共を招いて、やゝ盛大に開こうと云うのである。これは桔梗の方の発案であって、織部正も和歌にかけては昨今大いに天狗《てんぐ》になりかけている矢先ではあり、殊に夫人の慫慂《しょうよう》でもあるから、一も二もなくその議に同意した。老臣共も、催し物に事を缺いて和歌の競詠大会では、勝手が違い過ぎて近頃迷惑な次第だけれども、まあそんなことがきっかけで殿様の御気分が明

るい方へ向ってくれゝば何よりであるからと、取り敢えず上意の趣を諸侍へ申し伝え、「心得のある者」は身分の高下を問わず出席を差許す旨を一統へ触れた。

頃しも五月五日、菖蒲《しやうぶ》の節句の日を選び織部正桔梗の方と同列にて諸士を集め和歌の催し事有之《これあり》、かね〴〵申触れ候ことなれば敷島の道を嗜《たしな》む者共いでや秀歌をうたひ出して褒美《ほうび》に預からんものと存候事に候、されど牡鹿山の城中弓矢取りては耻かしからぬ武士共罷在《まかりあり》候へ共、かゝる風流の会は何とやらん不案内にて物怯《ものお》ぢやしたりけん、戦場の儀ならば功名をも争ふべけれ、和歌を以て面目を施すこと我等が本意にあらずとて、集まる者も多からず、皆々案に相違の態にて白《しら》け渡りて見え候と「道阿弥話」は記している。当時、乱世の武将でも歌道の心得のある者が少くなかったとは云え、それは育ちのよい大名の子弟たちのことで、一般の武士は文字に暗かったから、まして風流韻事《いんじ》を楽しむ者などは稀であった。そして河内介は、兎も角も牡鹿城内に於いては此の会合に出る資格のある、少数の一人だったのである。蓋し、世に伝わる武州公の和歌と云うものを見るのに、武人の作としては略〻《ほゞ》体《たい》を備えていて、相当の素養があったことを示しているけれども、それは恐らく此の歌の会などに刺戟《しげき》されて歌道の忽《ゆる》がせにすべからざることを悟り、後年努めて修練を積んだ結果なので、此の話の頃は二十歳の若年であったから、格別歌が上手と云う程ではなかったであろう。しかし今も云うような訳で、周囲が無学文盲揃いであったとすると、幼時より文武両道の教育を受けた彼などは、誰よりも先に出席すべき義務があったことは明かである。されば河内介は、此の会合が夫人の発議であることを聞いて、ひょっとすると、久しく連絡を絶たれていた夫人が何等かの機会を与えてくれるのではないかと云う希望を持ちつゝ、ときめく胸を押し鎮めて招きに応じたことであろう。

織部正夫妻は、此の時も矢張上段の御簾のかげに隠れていた。そして廣間の両側に居流れた家来たちと共に、夫人から出された「杜鵑《ほとゝぎす》」の題について諷詠《ふうえい》を競った。家来たちの多くは、今日はもしかすると殿様の正体が拝めるかも知れないと云う好奇心に釣られ

て来たのであったが、則重は唯御簾の奥から自分の書いた短冊を下げ渡して一同の前で朗読させ、又家来たちのものが順々に読み上げられるのを、じっと聴いているばかりであった。河内介が平安朝の公卿《くぎょう》であったら、「杜鵑」と云う絶好の出題を捉《とら》えて、それとなく御簾の中なる恋いしい人に思いを訴えたであろうが、彼にはそんな器用な真《ま》似《ね》は出来なかったから、ほんの役塞《やくふさ》ぎに、月並な三十一文字を並べたに過ぎない。残念なことには、此の時の則重以下の詠草が記録されていないけれども、どうせ禄な歌なんか一つもなかったに相違ない。「道阿弥話」には桔梗の方の左の一首のみが伝えられている。

橘《たちばな》の香をなつかしみほとゝぎす

花散る里をたづね来よかし

此の歌は源氏物語花散里《はなちるさと》の巻に見える光源氏の歌、――

橘の香をなつかしみほとゝぎす
花散る里をたづねてぞ訪《と》ふ

に基いたもので、僅《わず》かに下の四字を置き換えたゞけである。源氏の場合は、「まづ女御《にょうご》の御方《おんかた》にてむかしのおんものがたりなどきこえたまふに夜更《よふ》けにけり、二十日の月さしいづるほどにいとゞ木高きかけどもこぐらうみえわたりて、近きたちばなの薫《かを》りなつかしくにほひて、女御のおんけはひねびにたれどあくまで用意あり、あてにらうたげなり、すぐれて華やかなるおんおぼえこそなかりしか、むつまじうなつかしきかたにはおぼしたりしものをなど、おもひいで聞えたまふにつけても」とあって、光源氏が麗景殿《れいけいでん》の女御の許《もと》を訪れて昔語りをするところで此の歌を詠《よ》む。女御のおん返し、

人目なく荒れたるやどは橘の
花こそ軒のつまとなりけれ

とある。しかし桔梗の方の歌はこれらの故事とは関係がない。たゞ杜鵑を河内介に擬し、「花散る里」を「鼻散る里」にかけたものに過ぎないので、源氏物語を読んではいなかった筈の河内介にも、底の心が酌み取れたことゝ思われる。

桔梗の方が河内介の情にほだされ、且その武人らしい人柄に動かされて、自分の方からも恋を感ずるようになったのはいつ頃からか分らないが、此の歌なども、単に「相談したいことがあるから会いたい」と云う意味には取りにくい。彼女は、交通を堰《せ》かれている間に知らず識らず彼を恋い始めていたのではなかったか。そして此の歌こそはその恋愛の最初の表現ではなかったであろうか。

されど用心きびしきことなれば中々忍び寄るだに覚束なく存候ところ、程経て次第に警備弛《ゆる》みて候得者《さふらへば》そのゝちは心安くかの御許《おんもと》へ通ひ候、然者《しかれば》これは去年の秋より実に一年後のこと也、かの砌《みぎり》それがし書残し候通り絶えて異変なかりしかば老臣共漸《ようや》く疑ひを晴らしたりと覚え候

だが、疑いを晴らした老臣共も、何故に曲者が殿様の鼻を狙ったのか、その理由だけは最後まで呑み込めなかったのである。

武州公秘話巻之五

河内介《かわちのすけ》父の城に帰る事、並びに池鯉鮒家《ちりうけ》の息女と祝言の事

これより先河内介の父武蔵守輝国は、すでに老齢に達して体の工合《ぐあい》が思わしくなく、朝夕薬餌《やくじ》に親しむようになったので、自分の息のあるうちに河内介に然るべく嫁を迎えて家督を譲ろうと思う心が切であった。それで一日も早く自分の居城多聞山《たもんやま》へ悴《せがれ》を呼び戻したく、たび〳〵そのことを筑摩家《つくまけ》へ願い出たのであったが、兎角国中に穏かならぬ謡《よう》言《げん》が専らである折柄、殊に先年月形城の謀叛《むほん》以来牡鹿山の老臣共は猜疑《さいぎ》の念が深くなって、容易に願いを聴き届けようともしなかった。が、人質と云っても幼少の時より今日まで十四五年も城中に養われて、数度の合戦に功名を立て忠勤を抽《ぬき》んでたことでもあり、父の輝国も筑摩家に対し二心を抱《いだ》く様子も見えなかったから、弘治三年の秋に及んで漸

く河内介は父の館へ帰ることを許された。

此の時河内介に取っては、父の膝下《しっか》へ戻る嬉《うれ》しさもさることながら、桔梗《ききょう》の方《かた》との別離の悲しみも当分は癒《いや》し難い痛手《いたで》であった。必要の前には直ちに本来の武士の魂に立ち返る彼ではあるが、しかし鉄石のような意志にも初恋の味は格別である。況《いわ》んやその人のためにはあらゆる背徳と忘恩の罪を犯してまで熱情を傾け盡したのに、逢《お》う瀬を楽しめる時が来てから幾程もなく仲を割《さ》かれてしまうのである。思うに奥御殿の警備が弛《ゆる》み、彼が自由にかの坑道を通行し得るようになったのが去年の秋頃であったとすると、そのゝち二人が逢っていた期間は僅《わず》か一年に充《み》たない。それも人目《ひとめ》を忍びつゝ刹那《せつな》のよろこびに生きたのであって、しみ〴〵打ち解けて語り合う折などは一と夜もなかったであろう。いや、彼が恋いしたのは桔梗の方その人よりも、むしろ彼女が演じたところの特異の役割りにあったのだから、それ故になお未練を残したことであろう。事実、桔梗の方に劣らぬ美女には今後も出遇うことがあろうけれども、此の上臈《じょうろう》が置かれたような不思議な舞台、取り分け鼻のない三枚目などが引き立て役に登場する芝居は、全く彼に誂《あつら》え向きの世界であって、そう云う背景と配役に囲まれた高貴の夫人を見ることは、二度と再び豫期する訳には行かないのである。されば河内介の畸形的《きけいてき》情慾は夫人に離れることを惜しむと共に、これらの環境から遠ざかることを強く厭《いと》ったに違いない。唯併しながら、二人共筑摩家の滅亡が近きにあることを期していたので、尚此の後の手筈《てはず》を示し合わせ、やがて再会の日を約しつゝ、暫しの別れを告げたのであった。

池鯉鮒《ちりう》家の息女お悦《えつ》の方《かた》、――後の松雪院《しょうせついん》は、河内介が多聞山の城に帰ってからまだ半年もたゝない永禄《えいろく》元年の三月に、桐生《きりゅう》家に輿入《こしい》れした。時に河内介は二十二歳、松雪院は十五歳であったと云う。後年夫の浅ましい性生活を矯《た》めようとしてひたすら神佛に祈願をこめつゝ、悲歎と孤独の月日を送るべき運命にあった此の夫人も、結婚の当初は至って朗らかな少女であった。彼女の体内には性の眼醒《めざ》めがぼんやり感ぜられていたにもせよ、彼女はまだそれを自覚していなかったし、夫も敢て自覚させようとは努めなかった。夫の頭を支配していたものは遠く牡鹿山の奥御殿に於ける情景であって、父の云い付けで餘儀《よぎ》なく娶《めと》った新妻に対しては、自分より七つ歳下の、一人の利発な、罪のない少女として傍観するより以上の気持になれなかったのである。まだしも彼は、その新妻が多く情事を解しない歳頃であるのを結句仕合わせとしたのであった。

が、輿入《こしい》れしてから一二箇月過ぎた或る夏のゆうぐれのこと、松雪院が腰元たちと縁先で涼を納《い》れていると、そこへ河内介がふらりと這入って来て、

「今日は何か面白いことをして遊ぼうかね」

と、例になくニコ〳〵しながら云った。

「お父様の御容態はいかゞでいらっしゃいますの」

と、松雪院が尋ねると、

「いや、此の二三日たいへんおよろしいようだから、もう心配は要《い》らない。それより己《おれ》は、いつもそなたを放りっぱなしにして置いて済まないと思っていたのだ。今日は暇だからなんでもお相手をするよ」

そんなことを云って機嫌よくしている夫の顔を、彼女は嬉しそうに覗《のぞ》き込んだ。

「何をして遊びますの」

「なんでもよい。そなたはどんな事が好きだね」

「では、蛍狩《ほたるがり》をなさいませんこと？ お庭へ出て、――――」

彼女の愛くるしい、ぱっちりした眼の中に、あの、子供が何か素晴らしいことを思いついた時にする、はっと跳《と》び上るような喜色が浮かんだ。血色のよい豊かな頬が一《ひ》と際《きわ》つや〳〵と輝やきを増して、物を云う調子までが全く子供のようであった。

「――――お庭には蛍がたくさんいますのよ、あの築山の向うの、杜若《かきつばた》が咲いているあたりに、――――」

若い夫婦は腰元どもを連れて、それからひとしきり庭で蛍を追い廻した。

「此方《こっち》よ、此方よ、みんなこっちへ来なくって？」

など丶云う松雪院の花やかな声が、腰元共のきゃっ〳〵と騒ぐこえの中に際立《きわだ》って、彼方の叢《くさむら》や此方の汀《みぎわ》へ移って行った。一国の領主の姫君としてしとやかに育った彼女ではあるが、十五と云えば手でも足でも伸び〳〵と発達して、体じゅうが健康に張り切っている盛りであるから、彼女は長い袂《たもと》や裾《すそ》を邪魔にしながら、まるで小鹿のように元気よく走るのであった。腰元共も彼女のそんな様子を見ると、「奥方様」と呼ぶのが滑稽《こっけい》な気がして、つい「お姫様《ひいさま》」と云う言葉が口元まで出そうになった。

「おい、おい、己はもう十匹捕ったぞ」

と、河内介もとき〴〵頓興な声を挙げた。

「まあ、口惜しい！　あたしはたった五匹ですのよ」

「ほら、飛んで来た、そうら、あれを摑《つか》まえッこだ！」

そう云って河内介が駈け出すと、彼女も負けずに駈け出して、二人が一匹の蛍を争いながら池の周《まわ》りや遣《や》り水のほとりをぐる〳〵走り廻る光景は、むつまじい新婚の夫婦と云うよりも無邪気な兄と妹が戯れているようであった。

夜になると、若夫婦は数十匹の蛍を幾つもの籠《かご》に入れて廣間に並べ、それを眺《なが》めながら小酒盛《こざかも》りに移ったが、二人ともまだはしゃぎ足りない様子だった。河内介はいろ〳〵馬鹿げた冗談《じょうだん》や剽軽《ひょうきん》なことを云い出して、松雪院を可笑《おか》しさに物が食べられないほど笑わせたりした。女中たちも、若殿の話が可笑しいよりは、彼の珍しい脱線振りが可笑しいので、彼が一と言云うたびにみんなどっと腹を抱《かゝ》えた。すると河内介は、

「待ってろ、待ってろ、これからとても面白いものを見せてやるから」

と、何か頷《うなず》きながら、腰元の一人に耳打ちをした。

松雪院を始め並み居る女中共の視線は、やがてその腰元に案内をされて座敷の外の畳廊下へ恐る〱平伏した一人の男の、畳へ擦《す》れ〱に着けている坊主頭へ集まった。それは剃刀《かみそり》のあとの青々とした綺麗な坊主頭であった。

「やあ、坊主、来おったな」

と、河内介が云うと、

「へい」

と、その坊主頭が小さな、哀れっぽい声を出した。

「あれは何者でございますの」

そう云ったのは松雪院であった。

「この男かい、これは道阿弥と云う坊主でな、此奴に今夜面白いことをやらせて見よう。

――――」

そう云って河内介が、

「こら、坊主、面《つら》を上げろ」

と、叱るように云うと、

「へい」

と、又同じような声を出した。

「馬鹿な奴《やつ》だな、へいへいではない、面を上げろと申すのだ」

「へい」
しかし今度は、その「へい」と一緒にぴょこんと道阿弥は首を上げた。圓顔《まるがお》の、色の白い、小太りに太った、三十前後のお茶坊主で、くり〳〵とした大きな眼をびっくりしたように見張って、へんに生真面目《きまじめ》に取りつくろっている表情が、もうそれだけで何処かおどけたところがあった。その様子を見て誰かゞく

すッと声を洩《も》らすと、女中たちが方々でくす〳〵笑い出した。

「これ、これ、まだ笑うには早いぞ」

と、河内介は一同を制しておいてから云うのであった。

「さあ、坊主、今夜はちょうどよい折だから、あれをやって見ろ」

「あれ、――あれと申しますと?――」

そして道阿弥は、犬が主人の顔色を窺《うかゞ》うように河内介を見上げながら、パチパチと続けざまに眼瞬《まばた》きをした。

「あはゝゝゝ、馬鹿、その方物真似《ものまね》が上手《じょうず》ではないか。鳥の真似、蟲の真似、獣の真似、人間の真似、――啼《な》き声でも、身振でも、何でも真似る。中々その方は器用だぞ。さ、是非あれをやれ」

「あたし、あの者に口をきいてもようございますこと?」

と、松雪院が云った。

「よいから何でもきいて御覧。――そうだ、そなたが注文を出して、何かやらせて見るとよい」

「道阿弥とやら、お前、何の真似でも出来るの」

「恐れ入りましてございます、ど、どう仕《つかまつ》りまして、――」

道阿弥は又坊主あたまを畳へつけて、切ない、泣きそうな声で呻《うめ》いた。

「――いやはや、飛んだことがお耳に入りましてございます。恐れながら、わたくしにそんな藝当は、………」

「こら、こら、偽りを申してはならん。己には何度も見せたではないか」

「殿様は罪なことを仰っしゃいます。奥方様やお女中様の前であんなことが出来ますものか」

「あはゝゝゝ、能ある鷹《たか》は爪《つめ》を隠すと云う奴だな」

「御、御、御冗談を仰っしゃっちゃあ、………」

「やれ、やれ、是非やれ、その積りで呼び出したんだぞ」

「道阿弥、蛍の真似をして御覧」

と、松雪院がいたずらッ児のような眼を光らした。

此の道阿弥は武州公に関する貴重な記録を遺《のこ》したところの、「道阿弥話」の筆者であって、かねてから此の城中の表向きに仕え、軽口や愛嬌《あいきょう》を売り物にしていたのが、その夜はじめて女中方のお伽《とぎ》をするために若夫人の御殿へ召されたのであった。道阿弥自身の語るところでは、
愚老若年にて多聞山城中に御奉公仕り専ら侍衆の御座敷相勤め居候ところ瑞雲院様そ

の頃は未だ河内介と申され若殿にておはしませしが、あれは可笑しき坊主なりとて御目を掛けられ愚老も有難き事に存じ日々油断なく出精罷在《まかりあり》候《さふらふ》然るところに一日愚老をお呼びなされ其方誠に物真似の上手なれば今宵女中共の慰みに見物させばやと思ふなりとて奥御殿へ召連れられ、忝《かたじけな》くも松雪院様へ御目通を許され候云々

とある。

さて道阿弥は、松雪院から至ってむずかしい注文が出たので、

「何と仰《お》っしゃいます? 蛍の真似?………あの、蛍?」

と、べそを掻いて臀込《しりご》みをしながら、何の彼のと泣き言を並べて暫く皆をてこずらせたが、実はそれが常套《じょうとう》手段で、いつもそう云う風にぐずついている間に、人々をあっと云わせるような趣向を考え出すのであった。彼は女中たちがやかましく催促するのを待って、さも困ったと云う顔つきで立ち上ると、何処からか一本の団扇《うちわ》を持って来た。そして座敷の暗い方へ行って、自分で自分の坊主あたまを団扇で追いかけるのであった。ぱたり、と、団扇が頭へあたると、ふわり、と頭が空を逃げる。逃げながら彼が眼をぱちくりやらせると、不思議な表情の働きで、いかにも蛍の火が光ったり消えたりする感じが出た。団扇を持っている方の手も、別な人間の手が蛍を追っているように見えた。しまいにその手が団扇で頭をおさえつけると、頭は慌《あわ》てゝ団扇の下から飛び出そうとす

る。団扇がぱた〳〵と頭を叩きつけながら、逃げると又すぐに摑《つか》まえる。それが、蛍と人との追いつ追われつする様を写して、一人の男の藝当とは思えないほど巧《うま》いのであった。河内介の計畫はすっかり図に中《あた》って、松雪院も女中たちも、何と云う奇妙な坊主が現れたことかと、演技の始めから終りまで、彼の一挙一動に笑い崩れた。蛍の次に又いろ〳〵な意地の悪い注文が出ると、その都度べそを搔いて困った振りをするけれども、

結局彼に出来ないと云うものはなかった。どんなに真似にくい鳥や、獣や、蟲の真似でも、ちょっとした或る瞬間の癖を捉《とら》えて、声やしぐさで、兎に角人が「成る程」とうなずくまでに現わすのである。何より彼は驚くべき表情術の名人であった。ほんの僅《わず》かな眼の使い方、皺《しわ》の寄せ方、口の歪《ゆが》め方で、気分や形状や運

動や色彩をまで暗示した。のみならず此の坊主は、舞台馴《な》れた藝人のように見物の顔色を読み、少しだれて来ると又別な手で御機嫌を取ることを心得ていた。そして、もう此のくらいと思う時分に動物の真似を切り上げると、今度は酔いどれや、薄馬鹿や、座頭《ざとう》の真似をし出したので、忽ち新たな笑いの嵐がどよめき起った。

箸《はし》のころげたのさえ可笑しい歳頃の松雪院は、まだ生れてから、こんな滑稽な器用な人間を見たことがないので、

「あ、苦しい、あ、苦しい」

と、眼に涙をためて横腹をおさえ続けた。彼女はその晩ですっかり道阿弥が気に入ってしまって、

「あたし、今夜ほど笑ったことはありませんでしたわ」

と、餘興が終ってから、河内介に云った。

「でも、まあ、何と云う変った坊主なんでしょう、あの男がいてくれたら、一日退屈することなんかありはいたしませんわね」

「あッはッ、はッ、は、そんなに面白かったかね」

「えゝ、えゝ、とき〲あの坊主を呼んで下さいませんこと?」

「うん、気に入ったらそなたの側で、使っておやり。あれは奥向きの方が役に嵌《は》まって

いるんだから」

そう云って、河内介も愉快そうに笑った。

その、ち道阿弥は松雪院のお声が、りで奥附きの方へ廻され、座頭《ざとう》同様の心得を以て女中共の気散じ役や取り持ちを勤めることになったが、生来の機智と諧謔《かいぎやく》とは日ならず彼を人気者にしてしまい、彼方でも此方でも「道阿弥々々々」と珍重がって、彼が来てからの奥御殿はいつも賑《にぎ》やかな笑いごえが絶えなかった。

「道阿弥がいないと、どうも淋《さび》しくていけないね」

と、河内介もそんなことを云いながら、それからは始終夫人の部屋へ遊びに来て、彼の道化に打ち興じては折々馬鹿騒ぎをするのであった。松雪院は今まで何となく餘所《よそ》々々しかった夫の態度が、此の飄逸《ひょういつ》な坊主のお蔭《かげ》で確かに打ち解けて来たように感じ、ひとしお道阿弥を贔屓《ひいき》にした。

すると、或る晩、河内介は夫人の部屋で酒を酌《く》みながら、

「どうだね、いつも道阿弥の軽口ばかりでも面白くない、今夜は己が為めになる話をしてやろうかね」

と云うのであった。

「為めになるお話？」

「うん、そなた達はこうして毎日気楽にしているが、たとえば若《も》し、此の多聞山の城が敵に囲まれたとしたらどうする？　そう云う時には女でも戦の手伝いをしなければならないが、その心得を話して上げようかね」

「あゝ、それはよいことでございます、是非聞かせて下さいましな」

松雪院は、いつになく真顔になった夫の様子に、凛《り》々しい勇士の面目を認めたような気がして、思わず容《かたち》を改めながら云った。

「女は戦場には出ないでもよい、だが、籠城《ろうじよう》の時はそれ相応に女の仕事があるものだよ」

――河内介はそう云って、天文十八年の秋、自分が十三歳の折に経験した牡鹿山の籠城のことから説きはじめて、

「たとえば首装束と云うものがあってね、――――」

と、次第に話をあの屋根裏の光景へ持って行った。そして、首の洗い方、髪の結い方、首札の附け方等を、細《こま》かに説明するのであった。夫人の外に、座に侍《はべ》っていた四五人の腰元共も皆熱心に耳を傾けて、じっと河内介の口元を見守りながら聴いているうちに、河内介の方もだん〳〵聴き手に釣り込まれて油が乗って来るらしかった。今夜のように、彼がじっくりと落ち着いて物語ることは稀であったが、そうして静かに述べ出して来る

と、彼の弁舌には不思議に沈痛な力があり、一語々々に、厳粛な、犯し難い重みが籠《こも》っていた。おまけに彼は、いつの間にそんな修行を積んだのであろうか、頗《すこぶ》る巧妙な話術を以て、その屋根裏で目撃した数々の首の種類、表情、皮膚の色、血痕、臭気に至るまでを、まざ〳〵と目に浮かぶが如く言葉で描写するのであった。松雪院や腰元共は、彼の記憶の確かなことゝ、思いの外話上手であることに先ず驚かされ、次には自分たちがその場にあるような心持に引き入れられて、知らず識《し》らず手に汗を握り、固唾《かたず》を呑《の》み、体じゅうを硬張《こわば》らせつゝ、異様にかゞやきを増して来る彼の瞳《ひとみ》の中へ吸い込まれたようになっていると、

「いや、話したゞけではそなた達には分るまいがね、………」

と、そう云いながら河内介は、しーんとした、無気味な部屋の中を、――燈火の光のとゞかない暗い四隅《よすみ》を、――探るように見廻し始めた。その時女中共が変にぎょッとしたと云うのは、今の言葉は正《まさ》しく河内介の口から出たのだが、その声音《こわね》と調子とが急に今迄と違って来て、何か特別なものが加わっていたように思えたのである。そればかりでなく、痙攣的《けいれんてき》な、ピクピクと顫《ふる》えるような、意味の分らない微笑が彼の面上に押し出されて、顔の色が一旦蒼白《そうはく》に変り、やがて見る間に、かあッと上気したように赧《あか》くなった。

「……やっぱり何だな、首装束は実地に就いて稽古をしてみるとよく分るんだが、それにはほんとうの首がないといかんな」

「ほんとうの首？」

と、松雪院が怯《おび》えたような声を出した。

「そなた、首を見るのが恐《こわ》いか」

「いゝえ、……でも、そんなものを何処から持って参りますの？」

「はッ、はッ、はッ、そなたも武士の妻ではないか、首と聞いて顔色を変えるようでは頼もしゅうない」

彼女は実は、首を見るのが恐いよりも、熱ッぽい、物に憑《つ》かれたような夫の眼の方が恐いのであった。その眼と彼の口辺にたゞようニタニタ笑いとが、全く調和を欠いているように感ぜられたのであった。が、そう云われると、さすがに彼女は屹《きっ》となった。

「いゝえ、いゝえ、そんな弱蟲ではございません、首なんか恐くはありませんわ」

「きっと恐くはないのだな」

「勿論でございます」

「では、見る勇気があるのだな」

「見られるなら見せていたゞきます」

「見られるとも」

そう云って彼は、腰元共を顧みた。

「さ、お前たちも勇気を出せ。今首を持って来て教えてやるから、やり方を練習して見ろ。そのくらいなことは覚えて置かないと、いざと云う時の役に立たん」

彼の血色が再び青くなったのを見て、腰元共はウロウロするばかりであったが、

「道阿弥を呼べ」

と、云いながら彼は、膝《ひざ》の前にあった盃《さかずき》を一と息に乾《ほ》した。

或る夜御前へ出仕致候処、奥方も御同列にて御入《おんいり》ありしが、瑞雲院様愚老を側近くお呼び被成《なされ》、不便《ふびん》なれ共某《それがし》今宵汝が首を所望致すぞと仰せられ、既にお手討にも可被成《なさるべき》御様子也、されど全く身に覚えなき事なれば大いに仰天仕《つかまつり》、さま〴〵に歎き悲しみけれども更にお聴入なく、今は所詮《しょせん》逃れぬところと覚悟を極め候が、松雪院様日頃より慈悲深きおん方にていたくおんあはれみ被遊《あそばされ》、言葉をつくして御執成《おんとりなし》被下《くだされ》候処、俄《にはか》にから〳〵とお笑ひなされ、いや〳〵これは座興なるぞ、某《それがし》いかで罪なき者を害せんやとて、汝はさても好運の奴かな、但し一命を助くる代りに、暫く死人の態を装ひ此の場に於て首の真似を致し候へ、さあらば殺すに及ばざることなりと被仰《おほせらる》れば、こは又いかに成行《なりゆく》ぞと驚き呆《あき》れ候間に、お座敷の畳を一畳ばかり取除け

られ候、さてその下の床板を二尺程切取らせられ、汝床下にありて此の穴より首を出
すべしと被仰《おほせられ》候

つまり道阿弥は、その穴から顔だけ出して、いかにも首が床の上に置かれてあるような風をするのである。物真似の上手な彼であるから、これはそれほどむずかしい仕事ではないかも知れない。しかし非常に長時間のあいだ、眉毛《まゆげ》一つ動かさないでその表情を持ちこたえている場合を想像するがよい。道阿弥が課せられたのは実にそう云う困難な役目であった。

「よいか、ほんとうに死んだつもりでいるのだぞ。もうよいと云うまでいつ迄でもじっとしているんだぞ。もし少しでも動いたら、その時こそ手討ちに致す」

と、河内介は前以て彼に宣告を下した。そして女共に向っても、

「よいか、そなた達もほんとうに死人の首のように扱うんだぞ。決して道阿弥が生きていると思ってはならんぞ」

と、厳しく云い渡した。それから三人の女を選んで、首を洗う役と、化粧《けしょう》をする役と、札を附ける役とを、それ〴〵受け持たせた。

半挿《はんぞう》や、盥《たらい》や、首板や、机や、香炉《こうろ》や、屋根裏の場面の再現のために必要な小道具類が揃えられると、気の毒な道阿弥は肩から以下を床下に埋《うず》めて、寂然《じゃくねん》たる一箇の首と化

した。その死顔の表情は中々巧みなものであったが、平素のおどけた人柄を考えると、それが巧みであればある程、却って彼の迷惑さ加減が推し測られて、滑稽に見えないでもなかった。腰元共は、あのおしゃべりの、軽口屋のお茶坊主が、唯もう命が惜しいばかりに斯うして歯を食いしばっているのだと思うと、可哀そうであるよりも、何かいたずらをして嚔《くさめ》でもさせてやりたいような気持になった。しかし道阿弥の此の時の苦痛は、全く本人の身にとって笑いごとではなかったのである。

「自分は無念の形相《ぎやうさう》をたゝへて瞳を一点に凝らしたまゝ、眼瞼《まぶた》を細目に開けてゐたが、口に唾液《つばき》がたまつても呑み込むこともならず、鼻の孔《あな》がむ

づがゆくなつても、顔を顰《しか》める訳に行かず、殊に何よりも辛かつたのは眼瞬《まばた》きの出来ないことで、こんな切ない思ひをするなら、いつそほんとに死んだ方が優《ま》しであつた」と、さすがの彼もその手記の中で愚痴《ぐち》をこぼしているのを見れば、餘程骨身にこたえたのであろう。それも、そうしているだけでなく、女中たちが、その首を練習用にして、勝手にひねくり廻すのだから、尚たまらない。が、呑気《のんき》坊主の道阿弥は、やはり何処かに人を喰ったところがあって、そんな苦しみを嘗《な》めながら、その時の座敷の有様を出来るだけ注意して観察していた。尤も今も云うように瞳は或る一点を睨《にら》みつめたまゝであり、纔《わず》かに視野に這入って来るものを眼の角《すみ》に感じたゞけであるが、それでいて彼は人々の様子に気を配《くば》り、部屋の中に起ったいろ〳〵のことを、見たり聴いたりしていたのである。

「首になった道阿弥」が最も奇異に感じたのは、瑞雲院様、――河内介が、此の馬鹿々々しい首装束の実地講習に、何処迄も大真面目になっていることであった。女中共は、例の櫛《くし》の峰《みね》を以て道阿弥の頭の頂辺《てっぺん》をコツコツと叩く時に、彼のあまり一生懸命な死顔の真似が可笑《おか》しくなって、つい笑いかけるのであったが、それが聞えると河内介は、

「誰だ? 今笑った者は、――」

と、眼の色を変えて叱りつけた。彼は厳粛な空気を保つために低音を以てひそ〳〵と

語り、女共にも絶対に高声を出すことを禁じた。そして、たま〳〵彼の注文通りに行動しないものがあると、恐ろしく機嫌が悪かった。初め女中共は、今夜の彼の思い付きが聊《いさゝ》か突飛《とっぴ》過ぎるので、此れは殿様と道阿弥とが豫め示し合わせて、彼女たちを恐がらせようと云う悪戯かも知れないと、半ばそんな風に疑ぐっていた。事実、いかに道阿弥の表情が上手であっても、又うまい工合に床から首が出ていたとしても、現にそれが胴につながっているものを、自由に引っくり覆《かえ》したり持ち運んだりは出来ないのであるから、練習用として決して適当な代物《しろもの》でない。第一道阿弥のような坊主頭では、髪の結い方の稽古にも差支える。そのくらいなら西瓜《すいか》でもちぎって来た方がまだしも簡便で、床板に穴を開ける手数だけでも省ける。それに河内介の態度が今夜に限って仔細《しさい》らしく糞《くそ》真面目《まじめ》なのも、何か曰《いわ》くがありそうで、旁《かた》〻《〴〵》彼女たちには、本気か冗談か分りかねた。「首になった道阿弥」も、その点は彼女たちと同じであった。此れは事に依ると、殿様や女中たちが自分を困らせて面白がるのではないかと、彼もひそかにそう考えた。しかしとき〴〵彼の視野の中に這入って来る河内介の顔には、とてもそんな遊戯的気分は見えないのであった。道阿弥はその顔の存在を眼の何処か知らにぼんやり感じているだけで、まともに正視することが出来なかったゝめに、ひとしおそれが、ものすごい相好《そうごう》を浮かべているように想像された。そして、そう云う風に想像された一つの理由は、河内介の声にあった。彼がひそ〲と囁《さゝや》くが如く物を云いながら、女中共に講義をしているその声は、熱病患者のそれのように干涸《ひか》らびて、上《うわ》ずっているばかりでなく、へんに云い方が神経質で、女性的にさえひゞくのであった。元来河内介は、太い、豪壮な、戦場できたえた武人の声を持っているのである。それが今夜は、癇《かん》の昂《たかぶ》ったのを無理におさえているような、取って付けたようなふるえごえを出すのである。

だがそれはよいとして、「首になった道阿弥」はやがてひどく不安になって来た。と云うのは、首装束の講釈が次第に進行して、「女首」の説明が始まったのである。そして河内介は道阿弥の首を指しながら、「此の首は鼻があるので、実感が出ない」とか、「やはりほんとうの女首でないと、練習に不便だ」とか云うのである。聞いている道阿弥は、全くのところ気が気でなかった。どうも話の風向きが悪い、こうなって来ると、とゞのつまりは大事な顔の造作《ぞうさく》を切られることになるかも知れない。命はやっと取り止めたが、鼻だけは助かりそうもない。と、案の定《じよう》河内介は、道阿弥の鼻のあたまを指の股《また》で挟《はさ》みながら、

「これ、これ、その剃刀《かみそり》を持って来い」

と云うのであった。

「ついでに此の邪魔物を切り取ってしまった方がよい。そうすると、此処が平らになって、ほんとうの女首になる。――今夜は何事も実地の通りにやるのだから。――」いよ〳〵来たな、と、道阿弥はもう観念の臍《ほぞ》を固めていたが、今度は松雪院を初め女中たちが愕然《がくぜん》とした。而も河内介は、何となく気違いじみた、血走った眼をかゞやかして、並んでいる腰元共を、一人々々検査するように睨《ね》め廻しているのである。

「これ、何をしている、剃刀を持って参れと云うのに。――」

河内介の眼は、此の時お久と云う一番器量の美しい、十七八になる腰元の上に止まった。彼女はその鋭い視線を避けるように身をすぼめ、あどけない、ふっくらとした面立《おもだ》ちを伏せて、早く恐ろしいものゝ通り過ぎるのを祈っているような風であったが、河内介は、彼女の肩を蔽うているつや〳〵しい黒髪と、膝の上に置かれた手の、すぐれて白く細長い指の線とを見守っているうちに、再びあの痙攣のような薄笑いを口元に浮かべて、

「お久」

と呼んだ。

「お前、その剃刀を持っておいで」

「はい」

お久の返辞は聞き取れない程かすかであった。そして、彼女が項垂《うなだ》れながら立ち上ると、

一時静まっていた部屋の空気がしとやかな風を起して、燈火の穂がゆら〳〵と道阿弥の死顔の上に影を作った。

さて河内介は、

「此処へすわれ」

と、彼女を首の前にすわらせてから、

「お前が切れ」

と云うのである。

「さ、剃刀をこう云う風に持ってな、………そうだ、………それから此の鼻を、此処から斯う真っ平《たい》らに、きれいに切るんだ」

「は、はい、――――」

「やって御覧。これは死人の首なんだから、ちっとも恐いことはない」

「でも、あの、………どうぞ御勘弁遊ばして、………」

「いゝや、ならぬ。切れ！　切れと申すに！」

剃刀を持ったまゝわな〳〵ふるえているお久には、河内介の叱咤《しった》の声もおそろしかったが、それ以上に道阿弥の顔つきの方が物凄《ものすご》かった。なぜなら、此の場になっても道阿弥は依然として瞳を一点に据《す》え、さっきからの表情を微塵《みじん》も崩《くず》さずに、気味の悪い程おとなしくしているのである。彼女は、もうひょっとすると道阿弥がほんとうに死んでいるのではないかと思った。彼女は試しに彼の鼻の上を押してみたり撫《な》でゝみたりした。と、彼女のほっそりした指の先が、冷めたく、ぬるりと濡《ぬ》れるのであった。見ると、「首になった道阿弥」の額《ひたい》から蟀谷《こめかみ》の辺に冷汗がたら〳〵流れている。そして剃刀の刃がその首の前できらりと閃《ひら》めいた瞬間に、急に死顔の顔色がすうッと青く変って行った。

「殿様、……………」

と、そのとき松雪院が声をかけた。

「……………あたしからお願い致します、許してやって下さいましな」

「いや、死人の鼻を切るくらいはやさしいことだよ。血を見ることを恐れるようでは物の役に立たないから、お久にその修業をさせてやろうと思ってね」

「でも、道阿弥が可哀そうでございます。まあ、あの様子を見てやって下さいまし。あんなに一生懸命にお云い付けを守っているなんて、感心だとお思いになりませんこと?ねえ、お願いですから、あの熱心に免じて堪忍《かんにん》してやって下さいまし」

「はッ、はッ、は」

不意に河内介は、はにかんだような顔をして、力のない声で笑った。

「よし、よし、そなたがそう云うなら思い止まろう」

「まあ、ほんとうに止めて下さいますの?」

「止める、止める。その代り己はよいことを考えたぞ」

又しても何を云い出すことかと、一同が不安に襲われていると、

「はッ、はッ、は」

と、河内介は一層朗らかに笑い出した。

「いや、みんな心配しないがよい。切ると云ったのは冗談なんだよ。此奴があんまり上手に真似をしているんで、おどかしてやったんだよ」

そう云って、今度は、

「こら坊主」

と、道阿弥の方を振り返った。

「貴様は全く感心な奴だぞ。よく云い付けを守っている。貴様の心がけにめでゝ、切る

ことは許して遣《つか》わすが、その代り此の鼻を紅《べに》で真っ赤に塗りつぶしてやる。はッ、はッ、はッ、は、……どうだ、坊主、有難いと思うか？　思うなら返辞をしろ」

首はそれでも寂然として石の如く黙っていたが、

「こら！　返辞をしろ！　今だけ口を利《き》くことを許す！」

そう云われると、

「へい」

と始めて声を出した。しかしやっぱり死の表情を保ったまゝ、何処か、首でない所から声が出たように云うのであった。

「どうだ、坊主、苦しいか？」

「へい」

「苦しくっても、切られるよりは優《ま》しであろうな？」

「へい」

「あッ、はッ、は、いや、なか〳〵面白い奴だ」

間もなくお久が剃刀の代りに紅筆を取り上げて、道阿弥の鼻のあたまを真っ赤な色に塗り潰《つぶ》すと、さすがに若い女どもは、つい今までの恐さを忘れて忍び笑いを洩《も》らし始めた。分けても松雪院は、その持ち前の花やかな声を張り上げて笑った。いつしか彼女たちは河内介の今夜の催しが、結局は人の悪い冗談であったと思い返すようにさせられ、しまいには唯道阿弥一人がみんなの玩弄物《がんろうぶつ》になって、

「道阿弥さん、道阿弥さん」

と、坊主頭を叩かれたり、

「これ、お前さんは死んでいるのよ、動くと殿様に云いつけてお手討ちに遇わせて上げますよ」

と、耳や頰《ほ》ッぺたを摘《つま》まれたりした。そして道阿弥がよう〳〵その床穴から這《は》い上ることを許されたのは、――「生きている道阿弥」に復《かえ》ることが出来たのは、――皆が散々いたずらの限りをつくして部屋を引き上げてからであった。

道阿弥感涙を催す事、並びに松雪院悲歎の事

河内介の酔興はその晩だけに止まらなかった。明くる晩になると、彼は初めから悪ふざけの気分で自分が餓鬼大将になり、松雪院や女中共をそゝのかして、道阿弥の首をいろ〳〵にいじくり廻すのであったが、最後には又首の鼻を紅で染めさせて、

「今夜は一つ、此の首を眺《なが》めながら寝ることにしよう」

と、俄《にわ》かに自分たちの寝床をその部屋へ運ばせ、夫婦で道阿弥の赤鼻を賞翫《しょうがん》しながら眠りについた。

これは道阿弥に取って、前の晩にも勝《まさ》る苦行であった。前の晩は宵の間の辛抱で、夜が更《ふ》けてからは自由の体になれたのに、その晩は穴から首を出したまゝ夜中床下に立ちつくした訳なのである。彼の手記に依って想像すると、その部屋は相当の廣間《ひろま》であったらしく、彼が首を出していた穴は略《ほ》ゞ座敷の中央にあったように思われる。河内介は、松雪院の寝床をその穴のある所、即ち道阿弥の首の位置から畳三四畳を隔てゝ敷かせ、それから又一畳ばかり離れたあたりに自分の床を敷かせた。夏のことであるから、此の大名の若夫婦の寝床の上には、それにふさわしいうすものゝ蚊帳《かや》が吊《つ》ってあった。そして道阿弥の首の両側に燈火が置かれ、そのうしろに屛風《びょうぶ》が囲ってあったので、蚊帳の中からは首のある場所が明るくはっきり見えたけれども、道阿弥の方からは、暗い所にふわ〳〵している蚊帳の外側がぼんやり分ったくらいな程度で、中にいる夫婦の様子などはまるきり見えなかったであろう。

しかし道阿弥の受難はこれだけではなかった。夫婦は女中共を引き退《さが》らせて蚊帳の中に這入ったのはよいが、枕《まくら》もとで又盃の遣り取りを始めながら、

「ねえ、殿様、ほんとうの女首って、やっぱりこんなものなんですの？」

と、先ず松雪院が尋ねた。彼女はあまり酒を嗜《たしな》みはしなかったが、それでも酔うと笑い上戸《じょうご》になる方で、殊にその晩は夫にたび〳〵盃を強《し》いられたせいか、ひどく上機嫌にはしゃいでいた。

「いや、なか〳〵こんなものではないさ。ほんとうの女首だと、あの、鼻の赤いところが真っ黒に凹《へこ》んでいて、これよりずっと気味が悪いさ」

そう云われると松雪院は、すぐもうころ〳〵と笑い出した。

「しかし、そなた、二人きりになって見ると、あの首でもちょっと恐くはないかね」

「あら、ちっとも恐いことなんかありませんわ」

「此の部屋に己がいなかったらどう?」

「いらっしゃらなくっても大丈夫よ。あんな、鼻の赤い首なんか、可笑しくなるばかりですわ」

「だって昨夜、己が剃刀を持って来いと云ったら、急に真っ青になったのは誰だったか知ら?」

「譃《うそ》、譃、あんなことを仰っしゃって!」

「いや、ほんとうだよ、お久よりもそなたの方が真っ青だったぜ」

「そりゃあ、道阿弥が可哀そうだったから、お止し遊ばせと云いましたのよ。恐かったんじゃありませんわ」

「どうだかねえ」

「ひどいわ！　あたしをそんな弱蟲だと思《おぼ》し召して？」

「じゃあ、あれが実際の死人の首だったら、そなた、自分で鼻を切る勇気があるか？」

「えゝ、ありますとも。お久よりはあたしの方がずっと強いわ。実はもうちっと恐い思いをさせて下すった方が、張り合いがあるんですけれど」

夫婦はこんな冗談を云い合った末に、どう云うきっかけからか、入道首の扱い方が話題になって、

「そう云えば、そなた、あゝ云うくり〳〵坊主の首は、何処へ首札を附けると思う？」

と、河内介が云うのであった。

「ほんとうにね、何処へ附けたらよろしいんですの？」

「あゝ云うのは、耳へ穴を開けてね、それへ結び付けるんだよ」

「まあ、あの首の耳へ穴を開けて、………」

松雪院は又ころ〳〵と笑いこけた。

「………でも、そうするより仕方がありはしませんわねえ」

「どうだい、そなた、勇気があるならやってみないか？　そのくらいなことは構やしな

いよ」

「何で開けますの？」

「錐《きり》でもよいし、小刀の先でもよい。ちょいと突ッつくだけなんだよ。痛くもなんともありゃしないよ」

「そうですわねえ、可哀そうだけれど、やってみようかしら」

「やって御覧、やって御覧」

「おほゝゝゝ」

「さあ！　笑って胡麻化すなんて狡《ずる》いぞ」

「おほゝゝゝ、胡麻化していやしませんわ。あたし、あの顔つきを見れば見るほど、やってみたくなりますわ」

「なんだか、斯う、是非やって戴きますッて、そう云っているように見えるね」

「おほゝゝゝ、ほんとうに構いませんこと？」

「構わん、構わん」

「道阿弥、あたしたちの話が聞えて？」

そう云いながら松雪院は、蚊帳の外を覗《のぞ》いた。

「ねえ、お前、今あたしたちが相談してたことが聞えた？　許して上げるから、返辞をおし」

「へい」

と、道阿弥の首が答えた。

「ね、ちょいと突ッつくだけなんだから、我慢してね？」

「へい」

「そんなに痛くはないんですって」

「へい」

「あたしね、お前がその顔で耳から札をぶら下げてるところを考えたら、とてもたまらなくなっちまったの。………」

「へい、………御、御尤もでございます。………」

「おほゝゝゝゝ、さあ、もうお黙り」

彼女は度《ど》を過した酒のために平素のつゝましさを取り失って、そんなことを云う言葉の調子がまるでお俠《きゃん》なお転婆娘のようであった。

「殿様、さあ、見に入らしって下さいましな」

「札を拵《こしら》えなけりゃいかんよ。紙と刀を持っておいで」

「えゝ、えゝ、ちゃんと此処にありますの」

もう彼女は蚊帳の外にいて、硯筥《すゞりばこ》や料紙《りようし》入れから小刀や紙を取り出しながら、始終面白そうに笑いつゞけていた。

以下、道阿弥自ら語るところを紹介すると、次の如くである。

右の耳にいたし候へと被仰候得者《おほせられさふらへば》、忝《かたじけな》くも松雪院様雪の如き御手を以て愚老が右の耳朶《みゝたぼ》をお持ちなされ、暫く首の態《てい》をお改め被遊《あそばされ》、鼻声にて低くお笑ひ被成《なされ》候、瑞雲院様傍より御覧なされ、心臆《おく》し候哉《や》とお尋ねなされ候ところ、につことゑみを浮べ給ひ、何しに臆し侍《はべ》らん、されど此の死顔の態《てい》を御覧ぜよ、定めし坊主奴《め》は生きたる空もなき心地にて侍らんものを、かく神妙に首の姿を真似候て何事も知らざるやうに見え候ことの可笑しさよとて、右の御手に刀子を持ち直し給ひ、そのまゝづぶとお突き遊ばされ候得者《さふらへば》、血少しばかり流れ出で、勿体なくも白妙の御手を汚し候、愚老はかくても聊《いさゝ》か動ずる気色もなく死せるが如くにて候ひしかば、さりとては辛抱強き坊主よとてお笑ひなされしかども、さすがに興ざめ給ひしにや、そのゝちは格別のこともなく、匆々《そう〳〵》に札をお附け被成《なされ》、急ぎ御夫婦とも蚊帳の内へ御入被遊《あそばされ》候、尤も夜半に及ぶまで睦《むつま》じき御物語の御様子にて、おん仲至極めでたかりし事共也

又曰《いわ》く、

それより後は絶えて首の御用を被仰出《おほせいだされ》候ことなく、かの床穴をも舊《もと》の通りに

被レ令《しうりせしめられ》二修理一候、程経て御前へ罷出《まかりいで》候得者、松雪院様何とやらん面《おも》はゆげに愚老が耳の傷痕を見そなはせられ、かの砌《みぎり》は女の身として酒興に乗じ便なきことをし侍りぬ、許せよと被仰候、何共恐入候儀にて唯々難有《ありがたき》事に奉レ存候、素《もと》より賤《いや》しき身にて候得者《さふらへば》たとひ御手討に被成《なされ》候とも何かは苦しかるべきに、一命をお助け被下《くだされ》し上は、かばかりの傷は物の数にても候はず、剰《あまつさ》へ御自ら御手を下し給ひしは生々世々《しやう〳〵》の面目とこそ存候へとて、しばし感涙に咽《むせ》び候。その傷痕今も愚老が右の耳にあり、貴き御方の御慰みに遊ばされ候形見かと思へば、まことに此の耳我が物にして我が物にあらずと覚ゆる也

と。

嗚呼《ああ》、慈愛深く、淑徳の誉れの高かった松雪院のような夫人でも、時にはこんな過《あやま》ちを犯すのであろうか。もしそのことが事実とすれば、此の夫人の三十有余年に亙る純潔無垢な生涯に唯一の汚点を残すもので、我等は容易にそれを信じられないし、又信じたくない。苟《いやし》くも大名の北の方でありながら、酔餘の戯れに生きた人間の耳へ刀で穴を開けると云うようなことは、不用意に聞くと、全くその人の徳を傷け、美しい性格に暗影を投げる事件である。しかし読者は、此の時の夫人が十五歳の少女であったことを考えて欲しい。加之《しかのみならず》彼女がそう云う過ちを犯す迄には、夫の思慮深い、ずっと前から計畫

して段々とそこへ誘い込むようにした策略があったことを見逃してはならない。河内介は、恐らく道阿弥と云う滑稽なお茶坊主の存在を始めて知った時から、その胸中に一つのたくらみを浮かべたのであろう。彼は先ず冷淡であった己《おの》れの態度を一変して松雪院に馴《な》れ親しみ、次に道阿弥を引っ張って来て彼女や女中たちの心を得るように仕向けさせた。が、それらはすべて「首装束の稽古」と云う場面に漕《こ》ぎ付ける手段であったかと思われる。殊に道阿弥に女首の真似をさせ、松雪院をそゝのかしてその右の耳に穴を穿《うが》たせ、夫婦が蚊帳の中にあってそれを眺めながら睦言《むつごと》を交したと云う夜の戯れこそは、彼が初めから抱いていた終極の目的だったであろう。即ち彼はそう云う風にして、牡鹿山の城を去って以来常に妄想《もうそう》にばかり描いていた光景を実現したのである。云い換えれば、道阿弥を織部正則重に擬し、松雪院を桔梗の方に擬して、初恋の人と別れてからの悶々《もんもん》の情を晴らしたのである。

それにしても、松雪院が一時にもせよ道阿弥を苦しめることに快味を感じ、彼女に似げないむごたらしい戯れに耽《ふけ》ったのは、導くに手段を以てすればどんな婦人でも残忍を喜ぶようになる素質が、――――野獣性があることを證拠立てゝいるように思われる。しかしながら多くの女性、――――取り分け松雪院のような気高い品性の婦人にあっては、決してそのことが長続きしない。彼女が「面《おも》はゆげに」罪を謝したと云う「道阿弥話」の記事は、いかに此の夫人が己れの悲しむべき過失を悔悟《かいご》したかを語っている。察するところ、彼女は夫の陰険な底意をはっきり見透《みとお》した訳ではないが、彼の行為に何かしら不審な点があることを感じ、直覚的に、自分にもよく突き止められない恐怖と不安を覚えたのであろう。そうしてそれは、「夜半に及ぶまで睦《むつま》じき御物語の御様子にて、おん仲至極めでたかりし事共也」とある、その夜の経験が最も重大な原因を成しているであろう。と云うのは、「見し夜の夢」の妙覚尼の説に、松雪院は遂に一度も武州公と枕を交したことがなかったとあるけれども、それは妙覚尼の臆測であって、現にその夜蚊帳の外にいたと云う道阿弥の見聞を疑う餘地はないからである。蓋《けだ》し河内介が伏戸をその部屋へ移したのは、道阿弥の首の眺めを一種の刺戟《しげき》に用いるつもりであったことは想像に難くない。が、初心の花嫁と云うものは、そうでなくとも急に男を忌《い》まわしいものに思うことが有りがちであるのに、斯かる悪戯は果して彼女にどんな印象を与えたであろうか。酔っている間こそ夫と一緒に笑い興じたであろうけれども、一旦正気に復《かえ》った後の松雪院は、悪夢のようなその夜の記憶を恐れたに違いない。そして夫の言動の裏に測り知られぬ「薄気味の悪いもの」があるのを、おぼろげながら嗅《か》ぎつけたに違いない。多分河内介はその明くる晩も同じ遊びを繰り返そうとしたのであろうが、「それより後は絶えて首の御用を被仰出候ことなく、かの床穴をも舊の通りに被レ令二修理一候」と道阿弥が語っているように、折角の彼の希望が一と晩で蹉跌《さてつ》してしまったのは、その間に夫婦の感情の疎隔したことが窺《うかゞ》われる。大方、いかに河内介の享楽を求める心が切であっても、天稟《てんりん》の美質を宿す松雪院の悲歎と悔恨とを眼の前にしては、再び彼女を冒瀆《ぼうとく》する勇気が出なかったのであろう。

武州公秘話巻之六

牡鹿城《おじかじょう》没落の事、並びに則重生捕《のりしげいけどり》の事

「筑摩軍記」に曰《いわ》く、「去る程に織部正則重公数年以来病気の故を以て国中の仕置を老臣共に委《まか》せ、己は奥殿に引籠《ひきこもり》給て専ら桔梗の方の寵愛に政務を忘れ、翠帳紅閨《すゐちやうこうけい》の楽みに日も是れ足らぬ態《てい》なりければ、斯くては筑摩殿の家運如何あるべきと武士は素《もと》より城下の民に至る迄眉《まゆ》をひそめ、安き心地もなきところに、永禄二年正月俄《には》かに浅沼《あさぬま》郡檜《ひ》垣御坊《がきごばう》の宗徒共を御退治可有由《あるべきよし》仰出《おほせいだ》され、志太《しだ》遠江守《とほたふみのかみ》に三千餘騎の兵を附て征伐に向はせける。抑《そも〱》此事の由来を尋ぬるに、去《い》んぬる弘治《こうじ》三年の秋薬師寺家の家老馬場和泉守石山本願寺の勢を頼みて主家を横領しければ、淡路守政秀公父祖代々の領地を被逐《おはれ》堺の津より中国へ落延《おちのび》給ひ、その後遂に行衛だにも知れざりけり。然るに則重公の夫人

桔梗の方と申せしは淡路守の御妹君におはしければ深くも此れを歎き給ひ、先年当家は将軍家の御扱ひに依て薬師寺家と縁者の誼《よし》みを結び、長く水魚の交りを可致由《いたすべきよし》誓紙をかはし侍りしに、今度薬師寺家の滅亡を見ながら和泉守の不義不忠を其儘に捨置《すておき》、舅の仇を報いんともせざるは寔《まこと》に武門の恥辱にこそと思はれけれども、則重公近頃の容態にては中々に力不ㇾ及《およばず》、云ふ甲斐《かひ》なき夫《をつと》を持ちけるよと心憂く思召《おぼしめ》されける折柄、或夜夫の寝顔の上に不ㇾ覚《おぼえず》はら〳〵と数行の御涙を落し給ふ。則重公ふと眼覚めて訝《あやし》み給ひ、何とて泣給ぞと有ㇾ仰《おほせあり》。北の方初めの程は兎角のおん答《いら》へもなく打沈みておはせしが、度々の御尋ねに漸《やうや》く面を上げ給而《たまいて》、さん候《ざふらふ》、妾《わらは》が父祖の家は逆臣がために亡ぼされ、唯一人の兄さへ行衛も不知《しらず》なり侍りしに、今又かの和泉守のために我夫《つま》をまで失はんとするが悲しく侍りとて、よゝと計《ばかり》に泣給ふ。則重公大に驚かれ、重ねて仔細を問給へば、北の方仰せられけるは、馬場和泉守こと檜垣の門徒共を語らひ当家を傾けんとして寄々《より〱》謀《はかりごと》を廻《めぐら》す由、その證拠は此れを御覧あるべしとて、懐中より一通の密書を取出し給ふ。則重公その書を披《ひら》き見給ふに、檜垣御坊より和泉守へ差立てたる文の態にて、東西より筑摩家の領内へ攻入らんとする相図《あひづ》の状に紛れもなし。さるにても何処より此の状を手に入れ候哉《や》と被ㇾ仰《おほせらるれ》ば、薬師寺家の舊臣的場新三郎と申し候者、北の方の乳兄弟にてありけるが、不ㇾ計《はからず》も件の密書を得て御乳人《おんめのと》の許へ注進致候由を被ㇾ仰《おほせらる》。則重公由々《ゆゝ》敷《しき》事に被二思召一《おぼしめされ》早々《さう〱》に老臣共を召されて此事如何あるべきと御諚《ごぢやう》ありければ、老臣共申すやう、抑も檜垣の門徒衆は年頃別而昵近《べつしてぢつこん》に致し、先々代以来無二の忠義を励み候者共に候、然れば逆臣和泉守に加担して当家へ弓を引かんこと最も其謂《いは》れなく候間、此の状軽々《けい〱》に信ずべきにあらず、旁《かた〴〵》征伐の議は篤と御思案あって可レ然《しかるべし》とぞ申しける。則重公聞召され、其方共わが妻の言《ことば》を疑ふやとて御気色悪敷《あしく》奥の間へ入給ひけるが、其後も北の方様々に歎き被レ申《まをされ》、仮令《たとひ》此状に不審ありとも一向宗の輩は和泉守に力を合せ兄淡路守を逐《お》ひ侍りしこと隠れもなし、されば檜垣の衆とても必定敵《ひつぢやうかたき》にて侍るものを早や〱誅戮《ちうりく》を加へて賜《た》べとて、夜な〱掻口説《かきくど》き給ける。然るにいかゞしたりけん、此事いつしか檜垣へ洩れ聞えければ、宗徒共意外の思ひをなし、我等年来筑摩殿に対し少しも異心を存ぜざりしところに故なく討手を向けらるゝこそ安からね、よし其儀ならば坐して滅亡を招かんよりは此方《こなた》より攻入つて武勇の程を示さんには不レ如《しかず》とて、去年の冬頃より内々人数を狩り催す云々」と。

按《あん》ずるに、牡鹿城没落の端緒が此の一向衆《いつこうしゆう》との争いに発したことは正史の記す通りであろう。しかし桔梗の方をそゝのかして則重を口説き落し、遂に檜垣の宗徒等と事を構えるようにさせた黒幕が、武州公であったろうことは略〻《ほゞ》想像がつくのである。如何となれば、多聞山の城では此の少し前、永禄元年十月に武蔵守輝国が卒去《そつきよ》したので、河内介は父の家督を継いで武蔵守輝勝を名告り、今やその勃々《ぼつぼつ》たる雄心に誰も掣肘《せいちゅう》を加える者がなく、自由に壮図を畫することが出来る時機に達していた。彼の最初の目標は、云う迄もなく牡鹿山に住む暗愚な君主――手を拱《こまね》いて滅亡を待っているばかりの、鼻と耳のない筑摩則重の上にあった。領土擴張慾に燃えつゝ虎視眈々《こしたんたん》と四隣の形勢を窺《うかゞ》っている彼の前に、それは全く恰好《かっこう》な餌食《えじき》であった。どうせ捨てゝ置けば誰かゞ手を出さずにはいないのであるから、そのくらいなら他国に先んじて一閑斎以来の城池を我が有とするのに、何の躊躇《ちゅうちょ》することがあろうぞ。――だが、武州公を動かしたものは恐らくこう云う覇気《はき》ばかりではなかったであろう。彼の胸底には、武将としての野心の外に、そう云うものとは甚だ縁の遠い、甘い、やさしい、綿々たる恋情が潜《ひそ》んでいたであろう。それには彼と松雪院との新婚生活が、二三箇月を出でないうちに早くも破綻《はたん》を来たしていたことを勘定に入れる必要がある。彼が十五歳の花嫁を自分の好きな鋳型《いがた》に養成しようとした試みは、その頃すでに失敗に帰していたのであるから、彼の心は、再び牡鹿山の恋人の方へ、前にも増した切なさを以て惹《ひ》きつけられていたと見ることが出来る。而も彼の恋情を充たすのには、牡鹿城を攻め落して筑摩家の本拠を覆《くつがえ》すと共に、織部正の一切の所有を、――その夫人をも中に籠めて、――完全に此方《こっち》へ奪い取るのに越したことはないのである。だから此処でも彼の領土慾と性慾とが都合よく一致した訳であって、英雄の心事を妄《みだ》りに忖度《そんたく》することは出来ないにしても、此の場合は事に依ると、後者の方が一と際強く彼の行動を促進したのであるかも知れない。

ところで、桔梗の方が夫則重に示したと云う文書、檜垣の門徒から馬場和泉守へ宛てた牒状《ちょうじょう》なるもの、真偽については、何処にも明記してないけれども、此の前後の事情から推して、贋物《にせもの》であったことは疑うべくもないのである。蓋し前掲の引用文に見える的場新三郎は、かの的場図書、及び的場大助の弟であるに違いないから、桔梗の方と武州公とが豫め示し合わせ、此の男に偽造文書を托《たく》して、牡鹿山と檜垣御坊との離間を策したのであろう。斯くて前記永禄二年己未《つちのとひつじ》の正月、織部正の命を受けて志太遠江守《しだとおとうみのかみ》の軍勢は浅沼郡へ進発したが、檜垣の門徒等は在々所々の土民百姓共を使嗾《しそう》して至る所に一揆《いっき》を起させ、筑摩領と檜垣領との国境にある朝出川《あさでがわ》の河原に討手を迎えて火の出るように戦ったので、筑摩方は敵に倍する人数であったにも拘《かゝ》わらず、散々に討ち破られて牡鹿城へ逃げ帰った。城中よりはその後再び軍勢を差し向けたけれども、それも負け戦に終ってしまい、勝ち誇ったる檜垣衆は日増しに猛威を逞《たくま》しゅうして、領内を荒し廻り、僅か一と月ばかりの間に方々の子城《こじろ》を攻め落すと云う有様であった。初め一向宗《いっこうしゅう》の者共は、自分たちの生存を脅《おびや》かされたゝめに奮起したので、元来は受け身の立場であったが、戦をしてみると思いの外弱い敵なので、だん〳〵図に乗って来たのであった。これは彼等が侮《あなど》り難い武備と実力とを持っていたからではあるけれども、一つには筑摩家の方に最早や昔日の権勢がなく、国中の政治が乱れ、侍共の士気が衰えていた證拠で、一閑斎の時代であったら、門徒の坊主共が暴れ出したぐらいで、こんな騒ぎになりはしなかったであろう。牡鹿山の老臣共は、此の形勢を見て今更のように狼狽《ろうばい》した。彼等の勢いが猖獗《しょうけつ》を極めるに従って、先年謀叛《むほん》を企てたことのある月形城の横輪豊前守は、既に彼等と気脈を通じて動き出そうとする様子が顕然としているし、そのうちには馬場氏も取りかかけて来るであろう。で、これはどうしても徹底的に討伐しなければならないと云うので、老臣中の筆頭である筑摩将監《しょうげん》春久に一萬数千の大兵を授けて、浅沼、栗生《くりう》、椎原《しいばら》の三郡に群がる一揆《いっき》共を蹴散らしつゝ、三方から彼等の根拠地を攻めにかゝった。檜垣衆の方は、もうその頃は次第に兵力が増大していたけれども、筑摩方に比べれば三分の一の小勢であったから、そうなると流石《さすが》にじり〳〵と追い詰められて浅沼郡の要害へ引き退き、塁を高くし、濠を深くして、防ぎ戦うより外はなかった。此の持久戦が三月から四月に亙り、一箇月半程つゞいたが、檜垣衆は五月になって、多聞山の城主武州公の許へ公然と加勢を求めて来たのである。

いったい檜垣衆の立て籠る浅沼郡は、筑摩家の本領と武州公の本領の中間に介在していて、筑摩家の方は西、武州家の方は東にあった。それで最初、筑摩将監が発向する時、多聞山へ使者を立てゝ敵の背後を衝《つ》くようにと云う命令を伝えたのであったが、武州公はそれを体《てい》よく断ってしまった。公の申し状は、「某《それがし》の家は父輝国以来筑摩殿の恩顧を蒙つてゐるから、唯今の場合粉骨を盡すのが本意だけれども、難儀なことには、曾祖父の代から一向宗に帰依《きえ》してゐるので、分けて檜垣の衆とは特別な間柄になつてゐる。されば筑摩家とは父子二代の縁故、一向宗とは曾祖父より四代の縁故があるので、強《し》ひて孰方《どつち》かへ味方をせよと云はれゝば、寧《むし》ろ檜垣へ附かねばならない。併しながらそれは素《もと》より某の好む所でないから、何卒《どうか》両方へ義理が済むやうに局外に立たせて戴きたい」と云うのであったが、恐らくそんなことは口実に過ぎなかったであろう。牡鹿山では密書の件があるものだから頻りに馬場氏の方を気にして、檜垣の騒動も和泉守が操《あやつ》っているように疑っていたけれども、馬場氏は何等此の叛乱に関係したような形跡がないので、その実怪しいのは武州公であった。公の局外中立と云うのは甚だ眉唾物《まゆつばもの》であって、蔭で檜垣衆の尻押しをしていたらしいことは、大体間違いがないのである。公は檜垣衆から加勢を申し込まれても、最初の一二回は、矢張板挟みの苦衷《くちゅう》を訴えて婉曲《えんきょく》に拒否する風を装ったが、その後も頻々と求援の使者が来るに及び、遂に仮面をかなぐり捨てゝ、決然として一向宗徒に加担する態度を明かにした。「自分は今日まで一閑斎の恩義に感じて檜垣衆の乞いを斥《しりぞ》けて来たけれども、しかし昨今の筑摩家の無為無能には愛憎《あいそ》が盡きた。僅《わず》か数千の敵を討つのに三四倍の兵力を費しながら、既に半歳に垂《なんな》んとして未だに目的を達しないのは何と云う態《ざま》だ。牡鹿山の君臣共は何の面目があって地下の一閑斎に見《まみ》えるつもりか。自分の見る所を以てすれば、彼等は久しからずして国を失い家を滅ぼすに極まっている。自分は到底此の状態を黙視するに堪えないから、檜垣衆に加勢して悪政と内乱に苦しむ百姓共を救ってやろうと決心した。先代の恩義はさることながら、彼等のような暗愚凡庸な君臣共に取って代るのに何の憚《はゞか》ることやあらん」――公は折柄則重の書状を携えて来た筑摩家の使者を引見して、傲然《ごうぜん》とこう云い放った。そして、「汝帰って此の趣を則重に告げ知らすべし」と、匆々《そう〳〵》に彼を追い返した。

此の時武州公は二十三歳であった。公は今迄にも数回実戦の経験を積んでいたけれども、一国一城の大名として、領内の精兵をすぐった軍勢の総大将として、自ら馬を陣頭に進めるのは此れが始めてなのである。而も今度の出陣たるや、二三年来密《ひそ》かに秘策を廻《めぐ》らしたのが図に中《あた》って、豫期の如き風雲を孕《はら》み、戦機が熟した結果であって、功名栄達、手に唾《つばき》して取るべく、権力と恋愛とが眼前に待っているのであるから、公の得意や想《おも》うべしである。公は六月中旬に八千餘騎を従えて多聞山を進発し、直ちに浅沼郡に入って檜垣勢と一所になったが、それでなくても攻めあぐんでいた筑摩方は、殆ど戦わずして陣を撤したので、忽ち栗生椎原の二郡を恢復《かいふく》した。公と檜垣勢の聯合軍は敵を追って前進を続けたが、沿道の城主共は風《ふう》を望んで麾下《きか》に属する者が多く、月形城も亦それに呼応して明瞭《めいりょう》に叛旗を飜《ひるがえ》し、盛んに近隣を攻略し出した。が、それらの合戦の状況は「筑摩軍記」に譲ることにして、茲には説くまい。斯くて聯合軍は東から、横輪豊前の兵は南から、互に連絡を保ちつゝ、筑摩領を縮めて行って、やがて一手に集まった両方の軍勢が牡鹿城を包囲した。時に永禄二年八月、——嘗《かつ》て薬師寺弾正政高が此の城を囲んだ天文十八年から、ちょうど十年の後であった。

薬師寺の時の寄せ手は二萬と云う数であったが、今度も武州公の麾下と、檜垣衆と、横輪勢と、三つの兵力が合していたから、略《ほ》ゞ《ゞ》同じ数に達していた。それに対抗する城方《しろがた》の方は、最初は七八千も籠っていたけれども、日に〳〵降人や落人《おちうど》が頻出して、しまいには三四千にも充たない、微々たるものになった。されば一閑斎の昔は二箇月に跨《また》がって城を持ちこたえ、結局陥落を免れることが出来たのに、今度は八月十五日から攻撃が始まって、廿一日には三の丸を、廿五日には二の丸を奪われ、廿七日に至って遂に本丸も落城した。その間僅か十一日に過ぎないのである。「筑摩軍記」の記載に依ると、織部正則重は此の籠城の期間中も相変らず奥御殿に閉居して人前に姿を現わすことなく、合戦の指図は老臣共に任せきりであったが、廿二日の深更に、いよ〳〵城の運命が幾何《いくばく》もないことを悟って、八歳になる嫡男と六歳になる姫君とを、乳人《めのと》に預けて密《ひそ》かに或る方面へ落してやった。そして廿七日の巳《み》の刻頃、敵が本丸へ侵入したと云う知らせがあると、心しずかに夫人と盃を酌み交し、辞世の和歌を詠じた後に、奥御殿に火を放って先ず最愛の夫人を刺し殺し、次いで己れも自害をした、と云うことになっている。しかし「見し夜の夢」や「道阿弥話」の方を信じれば、此の記事はアテにならない。第一則重は腹を切ったとあるけれども、介錯《かいしやく》した者は誰であったか、そんな名前も挙《あ》げてないし、夫婦の首や屍骸についても、焼け跡を隈《くま》なく捜索したにも拘わらず、全く灰燼《かいじん》に帰したと見えて何も出て来なかったと記している。尤も本能寺の変の時にも、信長の首が分らないので光秀がひどく気に病んだと云う話があるから、それもまあそうであったとすると、それなら一体、辞世の和歌なぞがれい〳〵しく載っているのは、誰が伝えたのであろうか。則重は顔を見られるのを厭って、夫人以外の人を容易に近づけないのである。そのうえ女中たち迄が皆猛火に包まれて焼け死んだのに、和歌が記録に残っているのはおかしいと云うことになる。晩年則重は和歌狂《きちがい》であったから、いかさま辞世の一首があるべきだと云うので、何者かゞ後から偽作したように疑えないでもない。兎に角、「筑摩軍記」の作者は筑摩家の遺臣であったろうから、仮に裏面の消息を知っていたとしても、主家の不名誉になるようなことは書く筈がないと思われる。

正史の所伝は正史の所伝として置いて、「道阿弥話」の語るところを紹介すると、八月廿七日の朝、本丸の木戸を破って這入った武州公は、奥御殿に火の手が上るのを見るや、公を目がけて殺到する雑兵共を追い散らしつゝ、愴惶《そうこう》として往年の恋の通い路、——例の石崖《いしがけ》の下へ走って行った。公はその穴の前で甲冑《かっちゅう》を脱ぎ捨て、身軽ないでたちで坑道を潜り抜けると、渦《うず》巻く煙に咽《むせ》びながら、廊下づたいに、則重夫婦の居間へ馳《は》せ付けた。そして、

「御免」

と云いさま、障子を蹴破《けやぶ》って、今しも夫人の胸元を刺そうとしている則重の利腕《きゝうで》をむずと捕えた。

「放《はな》へゝ！　えゝいッ、放へゝと申ふゝに！」

不意を打たれた則重は、煙の中から突然現れた怪しい男が何者であるかを見定める餘裕《よゆう》もなく、夢中で身を

もがくばかりであったが、

「殿！　御短慮でござりますぞ！」

と、公は逆上している彼の耳元で二三度大音に喚《よ》ばわりながら、夫人の襟《えり》を摑《つか》んでいる彼の左の手を振り解《ほど》くと、夫人を庇《かば》うようにして夫婦の間へ割って這入った。

「や、ほちはへるかつ、………」

と、その時始めて則重は驚きの声を挙げた。だが、次の瞬間に彼は、ぴしゃッと顔のまん中を叩かれたように眼をぱちくりさせながら、いかにもバツが悪そうに公を見上げた。公はその隙《すき》に、則重の手から脇差を奪い取るより早く、

「はっ」

と云って、なるべく顔を見ないようにしてやりながら、畳を二三畳へり下って、ぴったりそこへ額《ひたい》をつけた。

則重に取っては、今こゝにいる輝勝こそは、父一閑斎の恩に背《そむ》き、彼を斯くの如き窮地に陥れた憎むべき敵である。しかしその敵がこんな所へひょっこり出て来ようとは豫期していなかったことなので、視線が合った咄嗟《とっさ》の感じは、「憎い」と思うよりも、「あ、顔を見られた」と云う極まりの悪さが先に立った。事実を云うと、公は往年夫人の閨《ねや》へ通いつゞけた夜な〳〵、餘所《よそ》ながら此の奇態《きたい》な顔を隙見《すきみ》させて貰《もら》っては快感に浸ってい

たので、今日が始めてなのではないが、当人はそれを知る筈がないから、鼻が欠けて以来秘し隠しに隠し通して来たものを、今自害しようとする矢先に運悪くも敵に見られたと思うと、日頃の用心が水の泡《あわ》になった恨めしさやら口惜しさやらで、全く憂鬱《ゆううつ》になってしまった。彼は何よりも家名を汚すことを恐れた。どうせ自分は父祖の偉業を亡ぼした不束《ふつゝか》な子であるから、その申訳に腹を切るのは覚悟の前であるけれども、迂濶《うかつ》に此処で死んだら、きっと自分の首は輝勝の手に渡るであろう。そしてそれが衆人の眼に曝《さら》され、あわれ織部正殿はあんな態《ざま》をして生きていたのだと云われたら、自分の恥辱は忍ぶとしても、父祖代々の武名に傷がつくことをいかにして防ぎ得られよう。そう考えると、彼には兎角の分別もつかないのであった。生きる訳にも行かないが、と云って、此のまゝでは死ぬにも都合が悪い。夫人を殺したら、醜骸を跡へ残さぬように火中へ飛び込んで焼け死のうと云う積りでいたのに、首を取られては彼の世へ行っても親父《おやじ》に合わす顔がない。癇癪持《かんしやくもち》の親父のことだから、「間抜け奴！　鼻と耳を拾って来い！」と、頭から怒鳴《どな》りつけるかも知れない。

「へ、へ、へるかつ！」

公はもう一遍、

「はっ」

と云って、一層低く首《こうべ》を垂れた。

「ぶ、ぶひの情ら、ほのはたなをはえひてふれ！　ほれはひのふびをほっへはならんほ！……」

此の急な場合に、慌《あわ》てるせいか愈〻《いよいよ》則重の云うことは聞き取りにくゝなるのであったが、

「武、武士の情だ、その刀を返してくれ！　某《それがし》の首を取ってはならんぞ！」

と、多分そう云っているのであろうと、そこまでは察しがついたので、

「さ、武士の情を思えばこそ、お止め申すのでございます」

と、公は優《やさ》しく、舊主に対する礼節を失わずに云った。

「――憚《はゞか》りながら、もはや寄手《よせて》の者共が此処へ押し寄せて参ります。此処でお腹を召されましたら、某はお見逃し申しても、必ず御首を戴く者がございましょう。さすれば末代迄の御恥辱、……」

「へ、へ、へるかつ！」

「はっ」

「はいほの頼みら！　はいひゃふひへふれ！……ほ、ほれはひのふびを、られにも見へふに葬むっへふれ！……」

「はっ、何？　何と仰《お》っしゃいます？……」

公が返答に困っていると、則重はしきりに、

「はいほの頼み、………はいほの頼み、………」

と、苛立《いらだ》ちながら繰り返しては、

「ほれはひのふびを、………ほれはひのふびを、………」

と、自分の首《こうべ》をさし伸べて、手で斬る真似をしてみせた。それで漸う「最後の頼みだから介錯《かいしやく》してくれ、某の首を誰にも見せずに葬むってくれ」と云っているらしいのが分ったのであったが、此の時既に火は三人の傍近くまで燃えひろがって、方々の隙間から風が呻《うな》りをたてながら凄《すさま》じい焔《ほのお》を挙げていた。まことに此の時、桔梗の方も、則重も、武州公も、不思議な悪因縁に繋がれたまゝ業火《ごうか》の渦《うず》に捲《ま》き込まれてしまったら、三人ながら却って幸福であったかも知れない。少くとも則重はそれを望んだであろうし、恐らくは桔梗の方も、此処で諸共《もろとも》に焼け死んだらば両方へ義理が足せると思ったでもあろう。彼女は完全に復讐を遂げ、父の恨みを十二分に晴らした。今、此の鼻缺けの、兎唇《みつくち》の、片耳のない夫を連れて冥途《めいど》へ行けば、それが父への何よりの土産《みやげ》になる。生きて此の世に罪を重ね、不義の汚名を流すよりは、その方が優《ま》しであろうものを。………だが、武州公一人だけは火にも負けない意志と熱血の所有者である。公は豫め、城の案内を知った青木主膳に一隊を授けて、いち早く奥御殿へ駈けつけるように旨《むね》をふくめておいたの

で、それが猛火をくゞりつゝ、丁度よい時に救援に来た。同時に公が忍び込んだ地下道の方からも、五六人の小姓共が公の跡を追いながら、ひとかたまりになって闖入《ちんにゅう》した。

「殿！　何事も某にお任せなされい」

公がそう云って立ち上ると、それを合図に主膳の兵は音もなく則重の左右に迫った。そして、滑稽にして悲惨なる此の場面の主人公の腕を抑《おさ》え、脚を抑えて、庭から裏山づたいに、間道の方へ運び出した。

されば、桔梗の方も此の時一緒に救い出されたことは云う迄もない。しかしその真相を知っていた者は、当時奥御殿へ駈けつけた少数の兵があるのみで、檜垣衆も、横輪勢も、又武州公の麾下の大部分も、織部正夫妻は焼け死んでしまったものと信じていた。「道阿弥話」の伝えるところでは、その、ち則重と北の方とは密かに多聞山の城中に移され、三の谷の奥に新たにしつらえた御殿に押し籠められていたので、家中の者共はその御殿のことを「三の谷殿」と呼んでいたが、誰あって御殿の主を知る者はなく、公が夜更《よふ》けておりおりそこへ通うことも、道阿弥その他側近の者が心得ていたばかりであると云う。則重がおめおめ捕われの身となって生き耻を曝《さら》しながら、敵の城中に憂《う》き年月を送っていた心事については、あまり腑甲斐《ふがい》なく思われるけれども、何分にも日夜監視が厳重な上に自殺の手段を奪われてしまっていたので、腹を切るにも機会がなく、それに又、死顔を人に見られないようにする方法がないので、是非なくも尚数年の間餘生を貪《むさ》ぼっていたのであった。が、不幸な則重の生涯を通じて、此の三の谷の御殿で暮らした晩年の月日が、家庭的には最も恵まれていたかも知れない。なぜかと云うのに、彼はもう柄にない政治や軍務に頭を使う必要がなくなり、敵の情深い手当てを受けて衣食住には少しも不自由をしなかったし、殊に、牡鹿山落城の間際《まぎわ》に落してやった一男一女のうち、若君の方は捜し出されて人知れず殺されたらしいのであるが、「お浦どの」と云われた姫君の方は、やがて此の御殿へ引き取られて来たので、親子三人が侘《わ》びしいながらも慰め合って、しずかな団居《まどい》を楽しむことが出来たからである。いや、そればかりでなく、牡鹿山の落城を一転期として、桔梗の方の心境にも亦自ら変化が起った。彼女は最早や夫の破滅を享楽する残忍性を捨てゝしまって、其の本然の女らしい性質に復《かえ》り、嘗《かつ》て自分が害を加えた醜い夫の容貌に心からなる同情と憐愍《れんびん》とを注ぎながら、貞淑な妻として、また慈愛深き母として、前半生の過誤と罪悪とを償うように努めたので、茲に始めて完全な夫婦の愛が成立し、織部正は未だ経験したことのない感激に充ちた生活を送った。だが、桔梗の方の心境がそう云う風に変ったことは、取りも直さず武州公の空想が幻滅に終ったことを意味する。功名と恋愛の二た股をかけて筑摩家を攻め亡ぼした公は、誰に憚《はゞか》ることもなく逢う瀬を楽しめる時期になって、折角城中へ迎え入れた恋人の態度が昔のようでないのを見ては、どんなにか失望したであろう。蓋《けだ》し桔梗の方としては、父の恨みを報いた以上夫に何の含むところもあるべき筈がなく、今は却って己れの犯した恐ろしい罪業に戦《おのゝ》いていたであろうから、再び公と道ならぬ恋をつゞける気力がなくなってしまったことも、亦甚だ自然である。一説に曰く、桔梗の方が俄《にわ》かに公を疎《うと》んずるようになったのは、公が最初の約束に背《そむ》いて則重の嗣《し》子を殺害したのが原因であると。彼女が公を頼ったのは、二人の幼児を、——分けても男の子を、立派な武士に取り立てゝ貰って、筑摩の家系を絶やさないようにすることが一つの目的だったのであるから、成る程それもそうかも知れない。

斯くて武州公と桔梗の方との不義の関係は、三の谷殿へ移ってからは全く絶えてしまったのである。そうしてその後、公が四十三年の生涯を終えるまで、次々に新しい異性を求めては奇異な刺戟と醜悪な悪戯とを貪《むさぼ》って行った物語は、餘り長くなるばかりでなく、公の名誉と遺徳とを傷けることが大であるから、先ず此の程度の暴露を以て筆を擱《お》く方が賢明であろう。唯しかしながら、公の性生活の一面に斯くの如き秘密があったことを念頭に入れて、然る後に「筑摩軍記」その他の正史を繙《ひもと》かれたら、必ずや意外な発見をされる点が多いであろう。此の書を著した作者の微意は、実に其処に存するのである。

跋

正宗白鳥

「蓼喰《たでく》う蟲《むし》」以後の谷崎君の作品は、残りなく通読しているつもりでいたが、この「武州公秘話」だけにはまだ目を触れていないのであった。谷崎好みの題材を谷崎式手法で活写しているだけで、この怪異な物語に私は驚かされはしなかったが、この老作家の老熟した近作中でも、筆が著しく緊縮していることが特に感ぜられた。のんびりしたところが皆無で窮屈そうである。似寄った変型愛慾の描写にしても、青年期のものには、わざと面白がっているところ、ふやけているところ、筆先の遊びに過ぎないようなところが見え透いていたが、この作品にはそういう稚気が無くなっている。シリアス過ぎるくらいシリアスである。普通人の愛慾心理も押詰めて行ったら、こういう境地にも到達するのであろうかとは思われた。

谷崎君の他の小説についてそう思ったことはなかったが、この小説の筆致は、私をして雨月物語《うげつものがたり》を連想させた。しかし、上田秋成《うえだあきなり》はあの時分の作家だから、こういう題材を扱っても、お座なりの道徳的訓戒をくっつけるくらいで、何でもなしに事件と光景を描叙するだけであったであろう。谷崎君は概して心理研究者の態度を執っている。武州公をして自己反省をさせている。「心の奥底に、全く自分の意力の及ばない別な構造の深い〳〵井戸のようなものがあって、それが俄《にわ》かに蓋《ふた》を開《あ》けた」など、作者の説明が少《すく》ない。作者の心に映る幻影を幻影として写す秋成の態度と、心理批判を棄て得ない谷崎君の態度に、私などは時代の相違を見るので、必《かならず》しも一を是《ぜ》とし一を非《ひ》とするのではない。武州公は現代人の姿をもって現われているのである。

「首に嫉妬を感じ」「生きて彼女の傍《そば》にいるという想像は一向楽しくなかったが、もしも自分があのような首になって、あの女の魅力の前に引き据えられたら、どんなに幸福だか知れない」なんて考えるのは、奇怪なようだが、首斬りを人生の大事業とし、首斬りに絶大な歓喜を覚えていた戦国時代には首という者に、たとえ斬られた後《のち》にでも、生命が宿っていると思われていたのだ。歌舞伎年代記などに記載されているが、昔の芝居には、獄門首《ごくもんくび》が恨みを述べたり、親子の名乗りをしたりするのは、普通の事件で、見物《けんぶつ》がそういうものを喜んでいた。道阿弥の首を賞翫《しょうがん》しながら、若夫婦が蚊帳《かや》の中の寝床で盃《さかずき》の遣り取りをするのも、草双紙の趣向にもありそうなことである。相手の男を柱に縛りつけ、その鼻先の畳の上に白刃《しらは》を突立《つった》て女に酌をさせながら一人で得意になっている光景を描いた芝居絵を、私は見たことがあった。縛られた男はその縛られ振りにも顔面の表情にも道化味があらわれていた。

それで、「武州公秘話」は、ちょっと見ると、徳川末期趣味を髣髴《ほうふつ》とさせているが、その趣味だけに停滞しないで、愛慾心理を追窮《ついきゅう》しているところに作者自身が意識するしないに関わらず、シリアスな感じが読者の心に伝わるのである。

永井荷風君は、青年期にフランス文化を羨望し、フランス趣味に魅惑されたので、今なおその痕跡を留めているにしても、江戸末期の文化や趣味に寂しい愛着を感ずることによって、自己の詩境を豊かにしている。谷崎君は平安朝の文学の清冽な泉によって自己の詩境を潤《うる》おしているとゝもに、江戸末期の濁った趣味を学ばずして身に具《そな》えている。日本の古典としての醇粋味《じゅんすいみ》は平安朝文学に漂《たゞよ》っているので、私などは、谷崎君の作品のうちでも、その風格を伝えたものを一層愛好する訳だが、谷崎君が平安朝古典の継紹者だけに留《とゞま》っていたら、その作品は、無気力になる弊があったかも知れない。刺戟の乏しい退屈なものになったかも知れない。江戸末期趣味もこの作者には効果ある働きをしているのだ。

由来、日本の文学者は描写が傑《すぐ》れていないと私は思っている。徳川末期文学には潑溂《はつらつ》たる描写がことに欠けている。自然と人事との交錯する或《ある》光景の描写の不思議にうまいのは、「源氏《げんじ》」「枕《まくら》」「大鏡《おゝかゞみ》」などの、平安朝ものに見られるのだ。「武州公秘話」のうち、法師丸が老女に連れられて、敵の首に装束をしている婦女子の部屋を訪ずれるあたり、織部正《おりべのしょう》が曲者《くせもの》に鼻をもがれるあたり、異様な光景の叙事たるに留まらず、或《ある》幻影の印象が読者の心に残るのは、この作者が平安朝古典伝来の描写力を有《も》っているためであろう。西洋の近代小説の形式を採らず、自国の物語の体裁を好んで用いんとするのは、この作者近来の傾向であるらしいが、物語が自《おのずか》ら描写になったら日本文学として至極の境地であると、私は思う。永井君の作品では、「榎物語《えのきものがたり》」が、そういう意味で逸品《いっぴん》であると私は思う。

鼻については、芥川君の小説も思出されたが、それよりも、ゴーゴリの「鼻」が思出された。理髪師によって削《そぎ》取られた或男《あるおとこ》の鼻が、官吏の礼服を着けていろんな所に出没するという、甚《はなは》だ巫山戯《ふざけ》た小説であるが、そこにシリアスな人生観察が宿っていそうに推察される。手が無くっても、足が無くっても、或《あるい》は目が無くっても、人間はまだしも忍び得られるのだが、さして必要のなさそうな鼻が無くっては最も汚辱を感じるのだ。鼻の無いほど人間を醜悪にし滑稽にするものはない。「鼻の缺けた首」は醜悪滑稽の象徴である。自分の魂を「鼻の缺けた首」としてしまって、美女と二人きりで甘美な夢の国に遊びたいという武州公の願望は、これを解釈すると、善も美も道徳も、気取りもお体裁も、すべての常套的束縛を脱却し、第三者の目には「鼻の缺けた首」同様、醜とも滑稽とも見えることを、顧慮しないで、思う存分に生を楽《たのし》みたいことを意味しているのだ。美女美男のお上品な愛撫ではまだ物足りない。自分が醜悪滑稽の底をつくして、美女の愛撫を受けることを妄想して舌なめずりする男性の気持が「鼻の缺けた首」礼讃となって、象徴的に現わされているのである。……読者諸君。そう思って武州公の奇怪な願望や行動を心に映じて見るべし。自分自身の心の影が武州公の心の上に見られるかも知れない。

（初出　単行本『武州公秘話』中央公論社刊　昭和十年）

解　説

佐伯彰一

二十世紀における語りの名手という時、ぼくの念頭にすぐ浮んでくるのは、わが谷崎潤一郎とアルフレッド・ヒチコックという二つの名前である。

あるいは、少々突飛な組み合せといわれるかも知れない。ヒチコックは、いうまでもなく、イギリス生まれ、ハリウッドで活躍した映画の名監督であって、根っからの小説家たるわが谷崎とは、そもそもジャンルが違うではないか。こうした結びつけは少々乱暴すぎる、と。たしかに当方も、幾分の無理は承知の上で、あえて言わせて頂く次第だが、なるほどその表現媒体こそ違え、読者、観客をたちまち作中に誘いこみ、自分の紡ぎ出す物語を受けとらせずにおかない語り手としての腕の冴えにおいては、両者はほぼ軌を一にしている。しかも、両者がぼくらを誘いこんでくれる物語の世界は、読み終り、見終った後からふり返ってみると、大方の場合、かなり異様で非現実的とすら思われるのに、読んでいる間、見ている間は、そんなことは気もつかず、ひたすら作中に引きこまれざるを得ない。わが谷崎（一八八六—一九六五）、イギリス生まれのヒチコック（一八九九―一九八〇）が、読者、また観客としてのぼくらを誘いこみ、そのまま引きずってゆくやり方と手腕には、どうやら根深い類縁がひそんでいるのではあるまいか。

『武州公秘話』を読み返すのは、もうずいぶん久しぶりなのだが、たちまち手ごたえ確かな語りの世界が、紡ぎ出され広がってゆく具合に、あらためて感嘆せざるを得なかった。そして、ふと思った。かりにこの小説の英訳が早くなされて、生前のヒチコックの眼にふれることになっていたら、映画化して見たい気持をかき立てられたのではあるまいか。物語の発端をなす、あの生ま首洗いのシーンなど、必ずやヒチコックの関心をそそらずにおかなかったろうし、ヒチコック流儀で映像化されたら、どれほど新鮮かつ衝撃的なイメージとなり得たろうかと、楽しい想像をかき立てられる。あるいは、映画の方が、グロテスクな異常性が、一そう際立つことになりそうな気もするけれど、『武州公秘話』における謎をはらんだ、推理小説風な物語の展開は、ほぼそのまま映画にとりこまれて、たっぷりと原作の持ち味が生かされたに違いない。

もっとも、ぼくがこうした両者の結びつき、いわばクロス・ジャンルの勝手な空想を刺激されたについては、ある種の偶然の暗合が働いたことも否めない。久しぶりに『武州公秘話』を読み出したその夜、ふとテレビで、ヒチコックのスパイ映画『トパーズ』のリバイバルと出くわすというめぐり合せになった。この映画は、一九六〇年代始めのいわゆるキューバ危機、ソ連によるカストロ・キューバへのミサイル持込み計画をめぐる東西のスパイ合戦を描いたもので、『裏窓』、『めまい』、『鳥』、また『サイコ』などのヒチコック・スタイルとは、少々趣きを異にしていた。いきなりモスクワの赤の広場のパレードが画面に現われたかと思うと、場面はニューヨークへ、またハバナへと、ダイナミックに移り変って行って、観客に息もつかせない。間に入るコマーシャルが、腹立たしくなるほど夢中にさせられた次第だったが、もちろんスパイ物として見れば、フランスの敏腕な諜報局員と、キューバの反革命派の美女との色模様など、少々観客サービスの行きすぎ、なくもがなの部分もなしとはしないけれど、総体としての語りの手腕には、文句のつけようがない。サスペンスたっぷりに、ドラマチックな緊迫がもり上げられ、一息に結末めがけて、ぐいぐいと観客を引きずりこんでゆく。

『武州公秘話』における語りは、もちろんもっと緩徐調で、伸びやかに落着いたリズムでおし進められている。しかし、若い侍女たちによる生ま首洗いといった異様な場面から始まって、戦いの最中の、敵に囲まれた城中で、一つの謎がまた謎をよび起しながら、からみ合い、もつれ合うようにして展開してゆく語りの魅力には、並々ならぬものがあって、読者はページをくるのがもどかしいような気持で、物語のあとを追わずにいられないのだ。

しかも、作者の谷崎は、この小説の語りに、ずいぶんと手のこんだ戦略と工夫をこらしている。何しろ冒頭にいきなり出てくるのが、堂々たる漢文による「武州公秘話序」という次第だから、漢文にヨワく、気もヨワい最近の読者の中には、もうこれだけで恐れをなす方もおありかも知れない。しかし、気を落着けて、眺め直すなら、この漢文序というのも、日本の有名な武将にも、じつは性的奇癖の持ち主が、いく人もいたという話なのだ。たとえば、川中島の戦いで知られる上杉謙信には、「少童」を愛するという男色の癖があり、賤ケ嶽七本槍の一人として知られる福島正則には、「断袖之癖」、つまりサディスチックな「嗜虐性」を示す逸話が語り伝えられている。さて、本篇の主人公である武州公にも「被虐性的変態性慾者」らしいという風説があって、これが果して本当かどうか。ところが、たまたま作者が手に入れた「秘録」を読むと、武州公の秘められた私生活、その内面が、生き生きと語られているのに共感を禁じ得なかった。どうぞ、読者よ、いたずらに「荒唐無稽之記事」扱いなさらずに、作者の意のある所をくみ取って下されば、幸いである、と。

そこで、本文に移ると、「巻之一」は早速「妙覚尼『見し夜の夢』を書き遺す事、並びに道阿弥の手記の事」と題されていて、二つの古文書、メモワールが紹介されている。これは、わが国では、芥川龍之介が時折用いた語りの工夫で、大方の場合は、それ自体がフィクション、作者による架空の仕掛けに他ならない。芥川の場合は、作者の仕掛けにうまうまとのせられて、架空の切支丹文献の探索にのり出した好事家の数も、二、三にとどまらなかったといわれるが、これぐらい芥川に会心の笑みをもらさせた仕掛けの成功は又となかったに違いない。谷崎の『武州公秘話』が発表されたのは、一九三一年から翌年にかけて、つまり芥川歿後すでに四年を経ていて、この頃はもうさすがにこうした仕掛けにだまされる好事家も現われなかっただろう。しかし、もちろん、だます、だまされないは、枝葉の問題であり、こうした仕掛けによって、語りの構造が、ぐっと厚みを増す、それをいわば読みといてゆく読者の楽しみもまた二重、三重にふくらむという点が重要なのである。

一体、自決直前の芥川と谷崎との間に、小説論争がかわされたことがあって、その際の中心の論点は、小説にとって筋立て、つまり仕掛けと構造が、どれほど大事であるかという所にあった。かつては、誰よりも仕掛け派のチャンピオンであったはずの芥川が、晩年になって、にわかに小説には筋などいらない、小説による感動は、プロットの複雑いかんなど関係がないと言い始め、これに対して、谷崎が異を唱え、真っ向から反撃を加えたというのが、この論争であった。今からふり返っても、小説ジャンルの本質について、二人の大作家が互いにこれほどムキになってやり合ったことは、いかにも偉観というべきで、その後にもこれに比すべき規模と内容の論争は見当らない。日本の現代小説史という文脈からも、見逃せない論争といっていいのだが、ここでは、論争以後の谷崎が、みずからの論点を確かめ、実証するような形で、着々と自身の仕事を推しすすめていったという、いわば実作者としての責任のとり方の見事さに、読者の注目を求めたい。

一体、わが国の純文学は、明治末から大正期にかけて、筋やアクションを斥け、切り捨てるという形で、ひた走りに「純化」の方向をつき進んだ。そこで、筋やアクションは、もっぱらいわゆる大衆文芸の作家たちの一手引き受けという観さえ呈した次第だが、こうした文壇の趨勢に、真っ向から立ち向い、異を立てようとしたのが、当時四十代の谷崎であった。たとえば、中里介山の『大菩薩峠』にいち早く着目して、その結構の雄大さ、語りの魅力を賞讃したのも谷崎であり、また当時の日本には、まだ余り知られていなかったスタンダールの『パルムの僧院』や、歴史物の小品の英訳をいち早く入手して、読んでみたりもしている。その当時は、ことさら異を立てたように見られかねなかったこうした着眼と態度が、今からふり返ってみると、いかに時流に先がけ、しかも大筋において正鵠を射ていたことかに驚かずにいられない。谷崎は、例の関東大震災以後、関西に移住して、文壇離れなどといわれたのだが、瑣末な文壇の流行や通念から身をひき離すことで、かえって広やかでゆたかな視力と見識をわが物にしたと讃えずにいられないのだ。
『武州公秘話』はこうした彼の着眼と視力から生まれた見事な収穫といっていい。この小説は、「新青年」という探偵小説雑誌に連載され、その掲載の場所を十分に心得ながら、いかにも放胆、伸びやかに展開して見せた見事な離れ業というべきで、ミステリーの謎ときの魅力と、主人公の内面探求という純文学のテーマとが、文字通りがっきと十文字に切り結んでいる。語り手としての谷崎の態度は、一面で遊びの余裕をたたえながら、同時に作者自身の気質と生理に根ざした、性心理の問題を深くほり下げようとしている。作者自身のいわゆる「被虐性的変態性慾」、つまりマゾヒズムというテーマが、古くは『刺青』や『少年』以来、『痴人の愛』をへて最晩年の『瘋癲老人日記』に至るまで、いかに根深く一貫した谷崎の中心テーマたり続けたかは、今さら事新しく言い立てるまでもあるまい。おのずと読者を誘いこみ、十分に楽しませてくれる読物でありながら、同時にこれは、いかにもパーソナルな自己探求の書たり得ていることには、改めて驚嘆せずにいられない。

（初出　文庫『武州公秘話・聞書抄』中央公論社刊　昭和五十九年）

本作品は『新青年』昭和六年十～十一月号、昭和七年一～二月号、四～十一月号に連載され、昭和十年に中央公論社より単行本として刊行されました。
このたび文庫に収載するにあたり、昭和五十七年に中央公論社より刊行された『谷崎潤一郎全集』第十三巻を底本とし、表記を新字新仮名にあらためました。

本書に収載された木村荘八氏による挿画は、『新青年』に掲載されたものです。また、正宗白鳥氏による「跋」は昭和十年刊の単行本より、佐伯彰一氏による「解説」は昭和五十九年刊の文庫旧版より収載しました。

本作品は今日の人権意識からみて不適切な言葉が使用されておりますが、本作品の描いている時代背景、および著者が故人であることを考慮し、発表時のままとしました。

中公文庫

武州公秘話《ぶしゅうこうひわ》

1984年 7 月10日　初版発行
2005年 5 月25日　改版発行
2019年 7 月30日　改版 3 刷発行

著　者　谷崎潤一郎《たにざきじゅんいちろう》

発行者　松 田 陽 三

発行所　中央公論新社
〒100-8152　東京都千代田区大手町1-7-1
電話　販売 03-5299-1730　編集 03-5299-1890
URL http://www.chuko.co.jp/

ＤＴＰ　ハンズ・ミケ
印　刷　三晃印刷
製　本　小泉製本

Published by CHUOKORON-SHINSHA, INC.
Printed in Japan　ISBN978-4-12-204518-7 C1193

中公文庫既刊より

各書目の下段の数字はISBNコードです。978－4－12が省略してあります。

た-30-6
鍵　棟方志功全板画収載
谷崎潤一郎

妻の肉体に死をすら打ち込む男と、死に至るまで誘惑することを貞節と考える妻。性の悦楽と恐怖を限界点まで追求した問題の長篇。〈解説〉綱淵謙錠

200053-7

た-30-7
台所太平記
谷崎潤一郎

若さ溢れる女性たちが惹き起す騒動で、千倉家のお台所はてんやわんや。愛情とユーモアに満ちた筆で描く抱腹絶倒の女中さん列伝。〈解説〉阿部　昭

200088-9

た-30-11
人魚の嘆き・魔術師
谷崎潤一郎

愛親覚羅氏の王朝が六月の牡丹のように栄え耀いていた時分——南京の貴公子の人魚への讃嘆、また魔術師と半羊神の妖しい世界に遊ぶ。〈解説〉中井英夫

200519-8

た-30-13
細　雪（全）
谷崎潤一郎

大阪船場の旧家蒔岡家の美しい四姉妹を優雅な風俗・行事とともに描く。女性への永遠の願いを〝雪子〟に託す谷崎文学の代表作。〈解説〉田辺聖子

200991-2

た-30-19
潤一郎訳　源氏物語　巻一
谷崎潤一郎

文豪谷崎の流麗完璧な現代語訳による日本の誇る古典。日本画壇の巨匠14人による挿画入り絵巻。本巻は「桐壺」より「花散里」までを収録。〈解説〉池田彌三郎

201825-9

た-30-20
潤一郎訳　源氏物語　巻二
谷崎潤一郎

文豪谷崎の流麗完璧な現代語訳による日本の誇る古典。日本画壇の巨匠14人による挿画入り。本巻は「須磨」より「胡蝶」までを収録。〈解説〉池田彌三郎

201826-6

た-30-21
潤一郎訳　源氏物語　巻三
谷崎潤一郎

文豪谷崎の流麗完璧な現代語訳による日本の誇る古典。日本画壇の巨匠14人による挿画入り絵巻。本巻は「螢」より「若菜」までを収録。〈解説〉池田彌三郎

201834-1

た-30-22
潤一郎訳 源氏物語 巻四
谷崎潤一郎
文豪谷崎の流麗完璧な現代語訳による日本の誇る古典。日本画壇の巨匠14人による挿画入り絵巻。本巻は「柏木」より「総角」までを収録。〈解説〉池田彌三郎
201841-9

た-30-23
潤一郎訳 源氏物語 巻五
谷崎潤一郎
文豪谷崎の流麗完璧な現代語訳による日本の誇る古典。日本画壇の巨匠14人による挿画入り絵巻。本巻は「早蕨」から「夢浮橋」までを収録。〈解説〉池田彌三郎
201848-8

た-30-25
お艶殺し
谷崎潤一郎
駿河屋の一人娘お艶と奉公人新助は雪の夜駆落ちした。幸せを求めた道行きだった筈が……。芸術とは何かを探求した「金色の死」併載。〈解説〉佐伯彰一
202006-1

た-30-26
乱菊物語
谷崎潤一郎
戦乱の室町、播州の太守赤松家と執権浦上家の確執を史的背景に、谷崎が〝自由なる空想〟を繰り広げた伝奇ロマン〈前篇のみで中断〉。〈解説〉佐伯彰一
202335-2

た-30-29
潤一郎ラビリンスⅠ 初期短編集
谷崎潤一郎
千葉俊二編
官能的耽美的な美の飽くなき追求を鮮烈に描く「刺青」など八篇、反自然主義の旗手として登場した若き谷崎の初期短篇名作集。〈解説〉千葉俊二
203148-7

た-30-30
潤一郎ラビリンスⅡ マゾヒズム小説集
谷崎潤一郎
千葉俊二編
「饒太郎」「蘿洞先生」「続蘿洞先生」「赤い屋根」など五篇。自らマゾヒストを表明した饒太郎、そのきわめて秘密の快楽の果ては……。〈解説〉千葉俊二
203173-9

た-30-35
潤一郎ラビリンスⅦ 怪奇幻想倶楽部
谷崎潤一郎
千葉俊二編
凄艶な美女による凄惨な殺人劇「白昼鬼語」ほか、日本探偵小説の先駆的作品ともいえる、怪奇・幻想の世界を描く五篇を収める。〈解説〉千葉俊二
203294-1

た-30-36
潤一郎ラビリンスⅧ 犯罪小説集
谷崎潤一郎
千葉俊二編
日常の中に隠された恐しい犯罪を緻密な推理で探る「途上」、犯罪者の心理を執拗にえぐり出す「或る罪の動機」など、犯罪小説七篇。〈解説〉千葉俊二
203316-0

各書目の下段の数字はISBNコードです。978－4－12が省略してあります。

た-30-24
盲目物語
谷崎潤一郎
長政・勝家二人の武将に嫁し、戦国の残酷な世を生きた小谷方と淀君ら三人の姫君の境涯を、盲いの法師が絶妙な語り口で物語る名作。〈解説〉佐伯彰一
202003-0

た-30-27
陰翳礼讃
谷崎潤一郎
日本の伝統美の本質を、かげや隈の内に見出す「陰翳礼讃」「厠のいろいろ」を始め、「恋愛及び色情」「客ぎらい」など随想六篇を収む。〈解説〉吉行淳之介
202413-7

た-30-28
文章読本
谷崎潤一郎
正しく文学作品を鑑賞し、美しい文章を書こうと願うすべての人の必読書。文章入門としてだけでなく文豪の豊かな経験談でもある。〈解説〉吉行淳之介
202535-6

た-30-10
瘋癲《ふうてん》老人日記
谷崎潤一郎
七十七歳の卯木は美しく驕慢な嫁颯子に魅かれ、変形的間接的な方法で性的快楽を得ようとする。老いの身の性と死の対決を芸術の世界に昇華させた名作。
203818-9

た-30-45
歌々板《うたうたはん》画巻《がかん》
谷崎潤一郎 歌
棟方志功 板
文豪谷崎の和歌に棟方志功が「板画」を彫った二十四点に、挿画をめぐる二人の愉快な対談をそえておくる。芸術家ふたりが互角にとりくんだ愉しい一冊である。
204383-1

た-30-52
痴人の愛
谷崎潤一郎
美少女ナオミの若々しい肢体にひかれ、やがて成熟したその奔放な魅力のとりことなった譲治。女の魔性に跪く男の惑乱と陶酔を描く。〈解説〉河野多恵子
204767-9

た-30-53
卍（まんじ）
谷崎潤一郎
光子という美の奴隷となった柿内夫妻は、卍のように絡みあいながら破滅に向かう。官能的な愛のなかに心理的マゾヒズムを描いた傑作。〈解説〉千葉俊二
204766-2

た-30-55
猫と庄造と二人のをんな
谷崎潤一郎
猫に嫉妬する妻と元妻、そして女より猫がかわいくてたまらない男が繰り広げる軽妙な心理コメディの傑作。安井曾太郎の挿画収載。〈解説〉千葉俊二
205815-6